李正子歌集 沙果、林檎そして

影書房

沙《サ》果《グァ》、林檎そして　目次

scene 1
時間が恋人——6
晩夏のブレスレット——12
scene 2
名残雪——24
秋草——33
scene 3
夢回路——40
京都秋宵——44
言う文化・言わない文化——49
scene 4
刺青——52
梅干し——61
隙間風——65
伊賀島ケ原——71

scene 5
千一夜——76
王の男（왕의 남자）——96
scene 6
わかれのしろ——100
縋らねば——108
黒革のキャップ——112
scene 7
ヴォカリーズ——134
謎の珠——139
余りもの——145
ほどく——153
아아 멋지다——163
scene 8
風のマダン——168

運河——172
水にながせぬ——178
わかってほしいの——184
朝鮮の詩歌——189
ナグネ、デラシネ——193

scene 9
沙果、林檎そして——198
団栗が食べたくて——214
想いはてなき——あとがきにかえて——217

scene 1

時間が恋人

なにに惹かれ国際文化部アジア学科雀のような学生に混じる

今はただ学びが欲しいかなしみで一杯の四肢にそそぐ母国語《ウリマル》

山躑躅山藤木蓮横目にて走る大学までの４５キロを

トラックの群れにしたがいハンドルを握る４５キロのカーブ急坂

流通時代がときに恐ろしトラックに挟まれミラーに紅潮する頬

恋人に会いに行くようだね、多分そう暮らし忘れる時間がこいびと

一言もはなせぬ四世明香《ミョンヒャン》と並ぶ教室に未来図ひらく

＊

人生をかけてたどれぬ旅の群れ石人《セキジン》†狛犬‡それからわたし

†石人　王墓の周辺に配置されたり民間信仰の守護神にも多く彫られた。

‡狛犬　中国では石獅子、東南アジアにも多く存在する想像上の獣。古代は高麗をコマと呼んだことから狛犬になったとの説がある。主に陵墓に石人の傍らに配置される。

研究棟の黒松に添い鎮座する狛犬の鼻梁苔むしていて

狛犬の頭《ず》より伸びて寧楽《なら》のそら松のかおりがゆるやかに這う

こんにちは안녕アンニョンまたあした狛犬の鼻に投げキッスなど

朝鮮のいずくより運ばれキャンパスになお微笑《え》む両班《ヤンバン》†石人二体

†両班　文人武人など貴族を指す。

この国の韓国語学科の先生は共和国と呼ぶ表記比べて

電子辞書片手に眠る夜明け前ことばの森にひとり迷い子

晩夏のブレスレッド

欝と綺羅縒りあわせｋ・ｉｍ・ｉの銀色のウェーヴのカットは盂蘭盆のおり
憎むなどもうできなくて憫笑を月がみおろす丘の陰より

豆乳に落とすレモンの滴より鬱模様たちまちグラスを覆う

すっぽりとわたしをかくす日傘さしいつもの花屋のウィンドーに佇つ

この国に生まれて渇く思いいくつ夕霧にしめり湖を這う

花蔭におちる夕日の黄《きい》の襞ゆめのつづきのｌｕｌｌａｂｙとして

在・非在境界をただゆるやかに風立ちあおいつゆくさひらく

だれが棲む窓の明かりのひとつ消えまたひとつきえ醒めてゆく薔薇

風が攫《さら》うことばをあつめ青みます楕円につなぐ晩夏《なつ》のブレスレッド

黙契に似てストローを這いのぼる檸檬水は恋う夏のくちびる

ひそやかに耳はとらえつ白猫《はくびょう》がゆめのつづきの夕化粧呑む

朝顔の種子のふくらみ揺らす風夕虹へ架けるあすに繋ぐため

*

前世に現世それから来世があるなんてｒｅｐｅａｔなんてしんどすぎて

一途とか健気さだとか好きやないそんな季節をうしなってから

生者のみに添う魂の在処《ありど》さえ行方知らないままの明星

鷲掴みされて裂けゆくくくく笑う西瓜の果汁の赤が

裂かれたきはこの身南の海ゆくる嵐の爪の形おもうも

仏壇に額《ぬか》伏せ儒教の礼《いや》をするこれも日本に生きのびる知恵

祭祀《チェサ》済んで壁のカレンダー一枚だけ閑かにさってゆきます夏が

*

ズッキーニ、トマト、タマネギ煮る夕べ雨音靴音風がちかづく

髪の分け目くぐる九月の風の息密度をもたぬさざなみなりき

洞ふかく眠るちいさな蝸牛《かたつむり》　記憶のままで秋のやくそく

昨日きょう記憶《メモリー》秋の境外にまばたきながら散るちる手花火

左右どこか歪な思いのまま生きてたぶんいびつに二つの眉も

時計の針は午前二時過ぎいつだって私が曲げて珈琲アワー

おりあいのつかぬ人生シナプスは永遠《とわ》にゆられて　月夜の鞦韆《ぶらここ》

官能のごとし薔薇《そうび》のしろたえのなみのかさなる花びらのさき

朝焼けにはてなくつづく鰯雲どこまでものびる梯子がほしい

scene 2

名残雪

たれか呼ぶ声に目覚めて年明ける待つとしもなき胸の襞より

もどりこぬ日々を鎮めて春が立つ今宵の雪は玻璃ごしに見る

吊されて二月のひかりはあわあわと玻璃越しに吸う薔薇霞草

あきらめは増えて自壊にあゆむ路次北むきの窓にからむ月光《つきかげ》

過誤多く生きし身なれこなゆきは激しく風に攫《さら》われて散る

＊

母のアリランひびく病室点滴をみまもる夜々を墜ちてゆくわたし

蝙蝠が森よりもどるあかときをふともそよぎぬ霜ふる音が

林鳳香《イムポンヒャン》を明かすなく生きてふるさとは林檎の実る遠いとおい大邱《テグ》

３８度から４０度にまた上がる体温計は熱帯びたまま

点滴に腫れる双手をにぎるたびあなたの細る息の緒のおと

届かない手紙のようにものいわぬ　なにを思うのだろうかあなたは

母がアリラン糸のごと引く夕暮れをエリカの白にふる名残雪

*

馬車に揺られ父を訪ねし風景に母の打鈴《タリヨン》†が脳《なずき》にそよぐ

†打鈴　本来音楽用語で繰り返しや民謡などの何々節の意味。生い立ちを繰り返し歌うため身世打鈴（身の上話）を表すのに多く使われる。

公園のもみずるころは団栗を笊に満たしてふたり辿る家路

祭祀《チェサ》のため団栗の粉引き묵《ムッ》†作る秋の夜長は母の影絵よ

†ムッ　団栗を粉にした寒天状の食べ物。

衰えてゆくみいのちのひっそりと母の母国語《ウリマル》耳朶にうずまく

砧ひびく温突《オンドル》遥か歳月にあなたは老いてベッドにねむる

おもいでの数だけ詰めるキャンディは硝子の壺にひとつずつ眠る

アリランの歌のみ記憶する母の眼にわたくしはみしらぬ女

春いまだ遠き小夜更け奪い尽くす雪のましろをわすれはしない

温突《オンドル》の薪割る父亡く姉亡くて春夏秋冬またためぐる祭祀《チェサ》

†祭祀　韓国の法事。

すておきしグリンピースの双葉萌ゆ生きたいのです命もつものは

しゃがみ込み草の実ゆびににぎりしめる草の息づき確かめたくて

秋草

うなじたれ秋桜野菊一輪の白桔梗可視光線がめぐる軀を

インディアンサマーの光の粒子にくるまれてどこまでゆくの鳳仙花《ポンソンファ》の種子

この一途さは失いしもの鈴虫の憂いなき音《ね》を恋いつつうれう

野の花を摘みながらゆく風の道風の旅路は母子の旅路

さいげつが背中合わせにかたらせる今年おくれてさく花一朶《いちだ》

ひとすじの拘泥に似て夕映えに九月曼珠沙華たがために咲く

秋草の群れつづく果てたぐり寄せてたどりつけない風景がある

*

闇に浮く花枝の下に傷つけあう日本朝鮮また行き戻る

議論過ぎてさす春宵の月影がきみのよこ貌やさしくみせる

射干玉《ぬばたま》にみちては散って散り響《とよ》む目眩に耐えてたちつくす唯

かなしみを今はわすれて自販機に一杯のコーヒーに呼吸を交わす

scene 3

夢回路

婚結び結論Ｋｏｒｅａｎ人生につらつらつらなるＫを蹴飛ばす

さみしいね雑踏のにおいひとのこえ腰に揺れるは春の洗い髪

待つとしもなき身を委ねむ夢回路　鳥よ乗せていってよ果てまで

山精の雪の嵐の羅《うすもの》に微睡《まどろみ》とかれ空へ爪立つ

＊

潦《にわたずみ》に映る夕雲はてしなき深みに虚実しばし波立つ

潦にひたす手紙の黙契を明かす未読の水文字の無慮

この町をひとすじ光るながれにはたどれぬ影をゆらす風あり

鬩《せめ》ぎあう人のいのちに疼く夜はつぎつぎに消ゆこころのともしび

意識少し引いては戻る真夜中《ミッドナイト》イビョンホンのバリトンを聴く

高麗美術館の資料を訳しコーヒーを少し熱くす　ながれてバリトン

京都秋宵

姉亡くてゆくりなく訪うフォーラムに京都の明かり秋宵微塵

時調《シジョ》の風波霧雷《らい》が身をおそうただ美しくうつくしく母国語《ウリマル》

ふたつ国の歴史ゆ生《あ》れし詩の波が寄せてはかえるスクリーンより

眼をあけて眼をとじて聴くウリマルの母恋衣《ははこいぎぬ》の墨絵のはなし

濃染月《こそめづき》に時調思《も》い歌を詠むかたえいつしか醒めて耳の貝殻

時調の波短歌《うた》の滴にさざめける水脈《みお》に木綿花《ゆうはな》ながすひとひら

近代史の破壊の波間をひびきやまぬふたつの詩あり寄せてながれて

視野よぎる帳人群《とばりひとむら》デジャービュ　おどけて誰にふりむくたれに

風はるかふくかなたにはよびあいし時間が……十二歳のままに手をふる

町明かり渦巻くなかを追う影にお下げの少女がなみだこぼして

ふたたびを訪う日を想い京の町すこしつかれてさがすバス停

行き戻るプロムナードの果てに顕《た》つまぼろしを待つ目蔭《まかげ》してまつ

さいならあさいならあ夕映えの駅にのこして白きこすもす

言う文化・言わない文化

一九六五年の日韓正常化から四〇年目になる、二〇〇五年は一一月一五日。文化庁主催の「日韓友情四〇周年記念国際フォーラム」に出演することになり、前日から京都国際会館に赴きます。韓国の定型詩時調《シジョ》と日本の短歌との初共演の開催です。私に課せられたのは「友情の歌」を発表するというものです。友情といっても、国同士の関係になると単純じゃない。面子や国益やらで、ホント複雑怪奇なんだから。こんな難問奇問どうしたらいい？　私、そういう気分じゃないのよ。かくて、詠題《えいだい》の変更を願い出ますが、フィナーレで登壇のため、差し替え不可と中西先生からの通達で即却下です。ハイでは作るしかないよネ。

すでにして渡来の記録重ねもち今花美男《コッミナム》の群集い来る
まなぶたに須臾浮かぶ歓びかなしみよ波高き近代史のペイジのはたて
秋風《しゅうふう》を春の陽に解く日月を友情《ウジョン》の種子とし埋めむ裡に

二首目、かなり、破調。日ごろ短歌は抑制、引き算、ダイエットよ、なんて言っているのに。

短歌ってやはり暗黙のうちに読者と空白の綱引きをするものなんです。時調はというと背景や作者の気持ちをしっかりと述べるのですね。

ペアを組んだ李承信《イスンシン》さんと久々に韓国語で話します。「お上手ですね、何処で覚えましたか」と訊き返す言葉で、て、に、を、はの間違いを指摘して訂正を促すんですね。

何年か前のソウルでの下宿生活です。日曜日の午後でした。下宿生の友人が私を日本人と思い話し掛けてきます。やがて彼は発音の間違いをすかさず指摘します。正しい音が出せるまで何度だって練習です。日本育ちの曖昧な発音では、なかなか合格がもらえません。

時調はこうした民族性を如実に表出し、思いを率直に伝える、つまり、言う文化ですね。言わずに、いえ、余白部分の曖昧さに、美を感じる日本文化の象徴が短歌でしょうか。ここではぽんぽん強く言う、とよくいわれますが、私って、一体何文化？　なの。

今夜は冬至。さあ、手作りの白玉団子を浮かべたパッチュ（小豆粥）をどうぞ。

小豆粥煮えて冬至の宵を待つ年毎母のゆえにまねては

（「マダン」２号、２００５・12・22）

scene 4

刺青

風花の花の回廊花祭り森のいずみを鎮めてそよぐ

肩越しに見む夕雲ゆ雪明かりいえ華明かりちるちる未散る

西風があおる吹雪の硝子窓ゆきおんな雪の千年愛あかす

雪達磨映すウィンドウー着膨れてわたくしがたつゆきだるま佇つ

冬だってしゃつをめくっているk・i m・iのカーキーのジャケットやけに目に付く

鎖骨よりゆらぐ糸遊《いとゆう》ひとつずつ抜いてあなたのポケットを編む

ひとの胸にドイツ鈴蘭ねむれるをゆさゆさ醒ます　わたし揺りかご

巻き毛黒く三十代でした鈴蘭の鉢を両手にバースデーの午後

『沙果、林檎そして』栞　２０１０・10

『鳳仙花のうた』への恣意的アプローチ

――『マッパラムの丘』の読後のために

山本冨美夫

李さんの歌集を手にしての先ず第一の感慨は、「民族と出会いそめしはチョーセン人とはやされし春六歳なりき」「石つぶて受けておさなき心にも「鮮人」の意地に涙こらえき」という歌の衝撃だろう。私は残念ながら短歌の作品の評価についてはは全くの門外漢であり、歌のよしあしを論ずる能力を持ち合わせていないが、例えば音痴の私が歌のよしあしは分からないが、何故か心打たれる歌にめぐり合い、すっかりその歌が好きになってしまうという体験をしばしば持つのであり、こういう意味で上に挙げた二首に初めて接した時の心の波の高まりは、理解と言う概念を超えて、寺山修司の歌集に初めて接した時の状況とある点では非常に近いものと言えるのです。

端的に言うと、最初の二首はまさしく私自身がこの歌の中に入っていると、私自身が告発されているということに他ならないのです。李さんが住んでいた同じ村（集落）に育ち、彼女をいじめる側にかつて私が立っていたという心の痛みが、第三者でなく自分の痛みとして、私が幼い頃彼女にどのように接していたか、彼女をどのように眺めていたかを想い出させるのです。私が言う痛みとは、恐らく李さんにとっては、そんなもの何でもないやないかという類のものであり、李さんが味わった屈辱や怒りに比べると本当に僅小なものに過ぎないと思います。恐らくそれは私の心の奥深く沈潜させておき、決して言葉に発してはいけないものなのかも知れません。しかし、彼女の歌は、決して私を黙らせてはくれないのです。逆に、お前のしたことを全て赤裸に語れ、そしてその恥（罪）を白日に晒せと命じているような気がします。

そうです、私がまだ小学生の多分二、三年生の頃だったと思います。李さんは私よりも二級上でした。その頃確か彼女は髪をおさげにしていたと思います（ひょっとするとそれはもう少し後のことかも知れません、とにかく彼女の印象としては三つ編のおさげ髪の印象が強いのです）。私たち同級生数人のグループは彼女の歌にうたわれているように「チョーセン人！」と声を揃えて嘲り、罵りの合唱を繰り返していたものでした。彼女が歌っているように「チョーセン人、チョーセンへ帰れ」と囃していたかは記憶が定かでありませんが、多分もっとひどい言葉なんかも彼女に浴びせていたのではないかと想像します。その頃の私には、こういう言葉を浴びせれば、彼女は何と感じるであろうなどと、相手の心の中を推し測る能力などかけらも持ち合わせてなく、年長の人たちが囃し立てていた言葉をそのまま受け売りして、彼女をいじめていたのでした。しかしその態度は卑怯なもので、年上の彼女に対し直接面と向かっては出来ず、少し離れた所から声をかけていたのでした。いつもは彼女は私たちのことなど無視し、バカな子たちといった感じで通り過ぎるのが常でした。しかしある時、きっとその時は余程腹に据えかねたのでしょう。彼女は「チョーセン人」と囃し立てる私たちの方へ向かって走ってきました。私は彼女がいつもは無視して通り過ぎるのが常でしたので、他の者たちが皆散々に逃げ去っても、ボーと立っておりました。そして、彼女は私のところへやって来て、何か一言二言、言ったようでした（でした、というのは彼女が何か言ったような気もするし、そうでなく〝いきなり〟だったという気もし、はっきり覚えていないのです）。そして私は頬を〝バシー〟と叩かれたのです、平手で。その時の痛かったこと。それは文字通り目から火が出るかと思われるものでした。私は叩かれるのは慣れていたのですが、というのも親父にはしばしばゲンコツや平手で頭や頬を叩かれており、時には下駄で頭をやられるということもありましたから。しかしその時の痛みは今も決して忘れることはありません。こっそり様子を伺っていた他の仲間が戻ってきても、その時は誰も何も言わなかったような気がします。恐らく皆は彼女の真剣な様子に気後れしていたのだと思います。それ以来私らのグループは彼女を「チョーセン人」と囃し立てることは少なくなったのではないかと思います。私の薄らいだ記憶を辿ってみても、あの時以来彼女を「チョーセン人」と呼んだ記憶はないのです（きっと彼女が怖くてようしなかったのだろうと思いますが、ひょっとすると過去の想い出というのは、自分の都合の良い部分だけしか残らないものなので、それ以降も続いていたかも知れませんが……）。幼い頃の想い出としては、とにかく彼女に頬を叩かれたという印象が強く、これに尽きると言っても過言でないでしょう。とここまで書いてきて、想い出したことがあります。それは彼女のお父さんにひどく叱られた想い出です。それはやはり、最初の歌に関係することですが、彼女に石や砂を投げていて、「頭に当たったらどうすんのや」と叱られたことです。恐らく彼は普段私たちが彼女に囃し立てているのを幾度か耳にし、心を痛めておられたことでしょう。しかし、お父さんはいつもニコニコと私たちには愛想良かったのです。心の中での煮えたぎる怒りは胸の裡に収め、生きていくためにはそうせざるを得ないと諦め、私たちの悪業を眺めていたことでしょう。そうした心象風景は何と切なく、辛く、耐え難く、悲しかったことでしょう。しかし、そうした諦めの気持ちも、私たちが彼女に（自分の娘に）石を投げつけた時、抑え切れない憤りとなって奔出したのだと思います。もし自分の可愛い娘の頭に石がぶつかりケガをしたら、顔にあたり傷でもついたら……そう思うとどの父親でもやはり同じ態度に出るのが当然でしょう。しかし当時の私ら、少なくとも私には、そうした父親の気持ちは理解できないものでした。お父さんが出てきたついでにお母さんの印象を述べておくと、それは後年李恢成さんの小説で出会う「オモニ」の姿そのもののような気がします。上手く言い表せませんが、李さんの小説を読んでいて思い浮かべるイメージはまさしく彼女のお母さんの姿だったことは確かです。

私の印象としては彼女に頬を打たれたイメージが鮮烈で、その後の彼女の姿は私が高校に入学した後、時たま見かける「キレイなお姉さん」と感じ、憧れの気持ちで遠くから眺めていた……口を利くのが何となく羞しいという年頃の少年の想いしか残っていません。高校卒業後の彼女の歩みは全く彼女の自叙の範囲でしか知りませんが、彼女の歌集を読むことの中で、彼女の生の過程《プロセス》を想像することだけが私に出来ることのようです。

何故私が彼女の歌集を読むに至ったかは、もう少し自分のことを語らせて下さい。

私たちは七〇年を迎える「大学闘争」の嵐の中で青春を送ることとなったのです。恐らくあの時代を体験した人ならば誰にとっても自明のことなのですが、「あなたは一体どういう立場を採るのか」という質問がそこに生きた各人に突きつめられていたのが当時の学生をめぐる状況であり、積極的に関わりを拒否する者もいれば、無関心・無関係という立場を採る者（あるいはそう装う者）もおれば、積極的に加担（engage）する者もあり、文学的視点から凝視し続けるという立場を採る者など、価値判断は一応抜きにして、一人一人がもし真剣に生きようとすれば、いずれかの道を選ばなければならない、選ばざるを得ない、そこで生きていくこと自体がいずれかの道を必然的に選ぶことになるのだというのが、当時の状況であったのです。歴史を振り返る時、ともすれば私たちは軍国主義の下で、戦争に巻き込まれた被害者だという口調で大人たちが語るのを耳にしますが、朝鮮・中国・東南アジア諸国の人たちにとっては、私たちが全くの加害者でしかないという点を見落としてしまいがちな虚構を明らかにしておくべきであるという「被害者であると同時に加害者である」という認識に達したのです。「八紘一宇」なる自分たちに都合の良いスローガンを掲げ、それを周辺諸地域に臆面もなく押し付けた精神構造を置き去りにして、満州開拓団の苦労ぶりや引揚げの時の苦難の日々や、中国での戦いやおぞましい蛮行の模様、「日鮮同祖」の名の下に展開された朝鮮半島での植民地支配の様子など、いろいろなことを大人たちが時には顔を歪め、時には懐かしい過去を振り返るといった様子で語るのをみますが、そうした時彼らからは、自分達は侵略者であり加害者であったという自覚は少なくとも感じることはできないのです。私たちは、その当時まずNOと言うことから、既存の体制から自らを切り離し、何もしないことはYESでしかないという構造（体制）に組み込まれている以上、少なくとも加害者になってはいけないのだと主張し始めたのです。「組織論」を持たない私たちの主張は凡そ政治運動とは無縁の「行動」とみなすのが妥当だと思うのです。

私たちのこうした行動の観念性・非現実性（それは有効性という観点から見た場合、私たちの行動が有効でないという意味においてです）、組織論の欠如を正しく冷徹に指摘した一人に、私の友人がいました。その彼とは大阪で生まれ育った在日朝鮮人のS君だったのです。S君も李さんの歌にうたわれているように、日本名と本名を持つ人でした。もっともそれは、彼の生野区の家を初めて訪れるまで知りませんでした。私がサッカーを通して初めて彼を識った時には、彼はすでに本名のSの姓を名乗っていましたので、彼の日本名のことはその時まで知りませんでした。彼は当時日本語しか喋れず、私は彼を在日朝鮮人であると余り意識しておりませんでした。しかしサッカーを共にやり、夜を徹して話し合ったり、マージャンをして遊んだりと彼との交流が深まるにつれて、「外国人登録証」のこと「指紋押捺」のことなど僕の知らないことを話してくれました。李さんの体験と同様に、恐らくは現実の生活の中で鍛えられてきたのであろうと想像しますが、彼の論理は、私たちのどちらかというと観念的に流れる類いのものでなく、現実に立脚した重く、シビアなものであったので、彼の批判はずしっと私の心に楔となって打ち込まれたものでした。

S君もやはり〝半チョッパリ〟と呼ばれる存在の人なのかも知れませんが、私は彼が、少なくとも日本で生まれ育った中で受けてきた差別の中で、民族の自覚を覚えた人だと思います。私がS君を信頼し、尊敬する理由に次の点があります。それは彼が一度として、自分が受けてきた差別について私たちに語ろうとしなかったということです。これは友人から聞いた話なのですが、真に告発しなければならないのは、彼の言葉によれば、「日本帝国主義」なのであって、自分が受けてきた民族蔑視や差別やいじめの直接の加害者である日本人ではない、いわゆる大衆は日本帝国主義の支配のために盲目的に有無を言わず朝鮮人蔑視の教育を受けてきたので、この人たちを告発しても何ら本質的な解決にはならない、というものでした。S君のこうした姿勢に対しては敬意を表わすのですが、李さんの歌集でうたわれた歌の起爆的な衝撃もやはり大切にして私たちの心の奥深く「躓きの石」として保持していかなければならないと思います。S君の〝やさしさ〟は一人一人の大衆の無自覚を醒ますものとはなり得ないのではないか、S君の静かな告発はいわゆる知識人のそれであって、その心を読み取れる人は、はたして何人いるだろうかという疑問が私の中にわだかまりとして残るのです。自分の感情のうねりや高まりを凛として律していく態度は、後に立原正秋氏の諸作品を読み、覚えた感慨と同根を成すものだと気付くのですが、私にとっては到達不可能な高い頂のように強く感じられたものでした。私としてはやはり、日本帝国主義に対する非難と同時に、それに基づいて踊らされていた私たち日本人全体に、一人一人の責任を問うことも必要な気がしてなりません。

李さんの歌集を読んでいるとこうしたS君の姿と対極をなす世界が歌われており、彼女の歌う世界に深い共感（決して同情でない、念のため）を覚えますが、S君の世界と李さんの世界はちょうど時計の振り子の周期の両端のような気がしてくるのです。私にとっては大学時代にS君と友人になれたということは彼の日常生活、物の考え方・感じ方、したたかな生き方などを通して、無数の数え切れない影響を与えてくれ、現在の自分が大切にしているものの核を作ってくれているように思えて、一つの目標、生きる標となっています。この意味からも非常に幸福な体験であると強く感じるのです。

さて、李さんの歌集に近づくために、私はどうしても、もう一つの出会いについても語らなければなりません。その出会いは本を通じての金達寿《キムタルス》さんとの出会いです。人は誰でも一生に一度は自分の生涯を決定するような運命的な出会いをするものだといわれますが、私にとっては金さんの『日本の中の朝鮮文化』は、詩における「荒地派」や長田弘、キリスト教を考える場合の田川建三、思想という場合の初期のマルクス（特に『経哲草稿』）との出会いに匹敵する、それこそコペルニクス的転回と言えるものなのです。金さんの『日本の中の朝鮮文化』という雑誌を全くの偶然で知り、彼の主張にのめり込んで行ったのです。いわゆる皇国史観に基づかず、裸の眼で古代における朝鮮と日本の関係を見つめるという彼の視点に深い共感を覚えたのでした。それは別に、文明の中心に近い所ほど遠い所より発達の度合いは高いという、文明に関する常識ともいえる理論を知らなくても、古代における文明の中心である中国の方に日本より朝鮮は陸続きで近い位置にありますから、当然朝鮮の文化のほうが日本の文化より進んでいたはずだと考える素人の当然抱くべき直感が、誤った歴史教育によって歪められていた、ということを知った喜びであると言えるでしょう。戦前の亡霊がやっと取り払われ事実をありのままに見られる、日本の文化が朝鮮の文化にいかに多くを負っているか、私たち日本人の「根っ子」（ルーツ）の部分における朝鮮人との関係を「文物」（主に〝物〟ですが）を通して明らかにしてくれました、国と言う概念が成立していない段階においては、民族・種族の違いはあったかも知れないけれど、古代日本においては日本人と朝鮮人という区別はなかったと言えるのではないか、文化という点では日本列島の人々は文化の進んでいた朝鮮半島から渡来した人々に多くのことを学び、共に日本列島に住む〝日本人〟を形成していった、という仮説――いや結論といった方が妥当でしょう――に今まで学校で習った教科書の記述と全く異なる意見にめぐり合い、新鮮な驚きと深い共感を覚えたのでした。今まで誰もが朧げに感じていたが、誰もが声に出して言わなかった、真実を私は聞いたという思いがしたのでした。なぜ歴史家は気付いていても本当のことを言わなかったのか、それは朝鮮民族蔑視の皇国史観に基づくからであるという指摘は、そうした歴史家の史観を当然のように受け取って来た、私たちに対して見方を転回させてくれる〝神の声〟とも言うべきものでした。

幼い頃の想い出、S君のこと、金達寿さんの本とのめぐり合い、私はこれまで長々と李さんの『鳳仙花のうた』の歌集の周りをぐるぐる巡って来たような気がします。私の李さんの歌集への思いは、果たして私は李さんの歌の世界へ歩みを入れられるであろうかという怖れであり、自分は李さんの歌集の周りを廻るだけで、近付くことはできるが、本当にその世界に入ることはできないであろうという諦めであると言えます。私にできることは全く恣意的な感想を述べる位です。

『鳳仙花のうた』に初めて接した時に感じた第一の印象はその〝直截さ〟です。野球で例えれば直球、それとも剛球と呼んでよいような重く、私たち受け止め手（＝捕手）のミットにずしりと投げ込まれてきたボールのような感じを抱かせるものです。そのボールに正しく反応するには正確に真芯をミートしなければ、私たちは作者の歌のテーマの「重さ」に打ち負けてしまい、私たちの感受性というバットはバシッと折られてしまうであろうと思われます。表現の直截さ直接性は、ともすれば繊細・優美が重んじられる私たちの風土の中で、そうした女々しい脆弱に基づくマイナー中心の発想に慣らされている私たちには、際立った輪郭のはっきりした剛毅なイメージとして映ってくるのです。そしてずしりと重く私たちを撃つものなのです。こうした印象は私の貧しい歌との触れ合い――それは高校の古典の時間に習った程度の経験ではありますが――は、古今や新古今といった技法を凝らしたものというより、万葉の歌の雄々しさ、自然の叫びといったものの方に近いように感じられてきたものでした。〝どう〟歌うかより〝何を〟歌うかが作者の第一の関心であるかのように思われてくるのです。もちろん、作者が歌いたい、歌わざるを得ないという内的衝動に突き動かされて歌を詠む時には、自ずと〝どう〟歌うかという技術に基づいて歌うというのは、ここで改めて言うまでもないことですが、詠まれた完成された作品を読む時に受ける印象が上述のような感慨を与えるということです。一番最初に「民族と出会いそめしはチョーセン人……」という引用で、この感想文を始めましたが、「アリランの唄」のグループに収められた歌において、特にこうした印象を受けるのです。「アリランの唄」から「海の砂礫」にわたっていく歌集全体を通して眺めれば、このような印象は多少、変わっていくのですが、そうした作者の技法上の変貌については、別の機会にゆっくり観察してみたいと思うことだけを述べて、アプローチまた『マッパラムの丘』の読後のための語りをひとまず終わりにします。

『鳳仙花のうた』への恣意的アプローチ
に関する覚書として

李　正子

昨秋でした。見知らぬ人の訪問を受けます。未知の読者が或る日、突然に来訪、多分そうだと思っていたのですが。あのう、どこかでお会いしました？　彼方からふわり輪郭が浮かんでは消えます。明けて一月中旬に、彼の再訪問を受けます。本文を携えて……

一読したとき、何故でしょう、涙を堪えられません。六歳の夏、当時の阿山村へ引越した翌日から、私は「チョーセン人」の洗礼を浴びながら育ちます。全校の子供たちといっても過言ではなく、さまざまな集団が連日徒党を組んで、嵐のような罵詈雑言を浴びせてきます。幼くてもしかし、彼らの眼下に屈することを私は決して認めないのです。涙はいつもオモニの膝下で流します。

明日は学校にいかへん。朝鮮人が朝鮮人といわれてなんで泣く。日本人と同じ人間、何処が違うか。そういってオモニは砂でじゃりっと音を立てる私の頭を洗ってくれます。

このような原風景から日本史への懐疑や在日の普遍的市民生活に視点をもてない日本人との関係、自らの道標を探り、ふつふつとエスプリを求めていた過程で歌と出会います。

そして二十一年前に出版したのが第一歌集『鳳仙花のうた』でした。若書きの歌集の、彼は隠れ読者であり、原風景に登場していたのですね。彼を打った記憶はなく、頑固に学校を休ませてくれなかった、今は鬼籍に棲むアボジが、彼らに意見していたなども驚くのです。

何より驚いたのは、彼が二十年近くこの原稿を温めていたことです。人知れぬ湖に沈めたはずの少年の礫は、水底で歳月の滴を吸って膨らみ続けます。少年期の心音は、なおも礫へ自問自答の発信を繰り返していたのでした。追憶の糸が手繰りよせる瑕瑾、それは自身の発露からではなく大人社会の書割、いえ日本の戦後総括の不備から生じています。政治学や歴史観の大いなる過誤が厳然と支配する、日本の不条理と不幸。

知らなかったのでした。少年の孤独な心の芽生えや軌跡など、一度だって。そうなのでした。私の傷口しかみえなかったのでした。背景の裡においてて、あなたは時代の確かな共有者なのでした。行き先異なる流れを挟み、ひとつ海に注がれる日に向う盟友なのでした。

翌朝、彼に電話をかけます。私の主観のみで受け止めるより、多くの読者の目に触れる必要性を感じ、『マダン』一二号に掲載の許可を得るためでした。受話器から快諾の声が流れます。

四十年を経て漸く届いた言葉の束は、彼のシナプスと哲学の波動でしょう。思春期の襞が静かに今を開き始めます。この邂逅への感謝に代え、ここに私のひとすじの良心を添えて覚書を認めます。どうかよりよき理解を得られますように。

（山本氏の原文は12200字に及ぶ長文のため、筆者の了解を得て李が一部割愛したものです。）

＊

朝鮮通信使幔幕事情

李　正子

四月の中旬だったたか、鈴鹿市白子町にある勝速《かつはや》日《ひ》神社を訪ねた。丁度春の祭礼を終えたばかりのようで、何人かの町の男たちが山車《だし》の幔幕をはずし片づけていた。夕暮れ時であったためか幔幕をはずした山車は色褪せて唯古びて見えた。この神社へ誘ってくれた友人は日本の祭礼史や文化にとても詳しく町の人たちに色々と尋ねていたところ、前会長さんが十年前に、朝鮮通信使が描かれている山車の幔幕を発見したというのだ。私は「マダン」六号に通信使について執筆中だったので、こんな幸運な偶然があるのだろうかと驚いた。教えて頂いた会長さんの自宅を早速訪ねると、玄関前でなにやら用をなさっていて、上手い具合に会えたのだ。

勝速日神社は寛永十一（一六三四）年紀州藩の別邸と代官所の創設のため現在地に移されたという。勝手明神のことで地元の人々は勝手さんとも呼ぶ。

胴掛けは夜間に山車を夜露から保護するために作られている。「朝鮮通信使行列図染絵胴掛け」これが名称だ。胴掛けは江戸友禅を素材としている。江戸友禅は一八〇四年～三〇年にかけて盛んになった、町民文化で粋で渋みがある。そこから推定すると寛政、文化、文政時代に江戸で制作されたのだろうか。狩野派の絵師たちが描いていることを考えても鈴鹿市で作られたとは思えない。夜露から守るための幕に随分と贅沢な素材や人材を登用しているように思えるのも江戸の雰囲気がある。寛政の改革後にはそれだけゆとりを生み出したのだろうか。町民の暮らしには洒落た遊び心や豊かさがあったのかも知れない。

　幕は武士風人物像の力量感ある勇ましく重々しい歩みから始まっている。これは想像していた絵図とは違った風景だ。通信使一行は屈指の文化人、学識者、高級官僚たちで構成されている。だから武士風の絵姿には少し違和感を持った。勿論、護衛や従者も多かったのだが、先頭には先ず楽隊を置いて楽器を奏で、次に舞踊隊が踊りながら行進した。文化的価値観を広めることが友好の第一歩だと考え、国の威信をかけての狙いがあったからだ。

　胴掛けは全長七メートルだが見学を許されたのは初めの三メートルだけで、それも近づくことは禁止、マスク使用で話す以外は許可されなかったし、時間も五分では印象が稀薄になる。市からは幔幕の制作経緯や歴史的な観点での説明が少しはあって欲しかった。残念だがそのために勝手な想像をふくらませた。

　通信使の一行に女人はおそらく同行しなかったはずだ。それを補うためなのかは分からないが、小童対舞《ソドンテム》と呼ばれる舞踏家たちが同行している。岡山県牛窓では唐子踊りとして小童対舞が伝承されて町興しとしている。可愛らしい男の子二人が対になって踊る。実際はこうした童子ではなく既婚者などもいる青年層が対で踊ったようだ。長い髪（当時の朝鮮では男子は長髪で後ろで一本の三つ編みに結っていた。歴史劇などで見かける）を結い、紅を施して女人のように美しく艶やかだ。儒教を国教としている旅程へ花美男《コッミナム》を同行させたのは意外だった。彼らの舞い姿をしばし夢想してみる。宴席で着飾った花美男の舞い姿は火灯りの下でどんなに幻想的だったことだろう。

　余談だが朝鮮王朝は崇儒排仏政策を執り、僧侶たちを城門から徹底的に追放した。それまで人々は暮らしのなかで緑茶を楽しんでいたが、お茶の栽培権は仏教界が掌握していたので、以後は栽培者がなくなり途絶えた。代わりに発達したのが様々な伝統茶で今日に至っている。厳格な儒教がもたらしたものは他にも様々あるが、それは建前で側面では国の一大イベントに女人のほのかな香りが欲しかったのだろう。

　韓流の華はいろいろ対舞《ついまい》の花美男《コツミナム》の紅き唇の冴え

　釜山《プサン》から日光までの楽隊のまぼろし果てなく鳥瞰図うかぶ

　群青色緋色は褪せて清道旗《チョンドギ》は墨色威厳わずかにたもつ

　江戸の華朝鮮の華が遊星にまじりてひらくドラマの華火

　大江戸を練り歩いた通信使の一行は鎖国下の日本で人々の興味を引き、後世まで様々な話題を呼んだのだろう。三重県には津市の唐人踊り、鈴鹿市の唐人踊りや祭が伝承されているが当地を通過してはいない。遠くまで足を運んで行列見物に行った人々が語り伝えたのだ。それが何の踊りか分からないまま伝承されていたのだが、故辛基秀《シンギス》氏がこれを解明した。幔幕もそうである。

　四百年の群れ百年の群れ交差して光と闇の波うつ鼓動

　四百年の群れ百年の群れゆきあえば変水恋《おちみずこい》水《みず》はじけるよ須臾

　闇と光の相関図にはふたつ国のジグザグ道に朝顔の蔓

日韓の近現代史はものぐらく、ついペイジから目を背けてしまうのだが、通信使の話題には政治の思惑を離れて人々の交流逸話が多く、自由な想像のひとときをもてた。

　四百年前の朝鮮と日本の交流史は、確かに胸にひとつの想いをそだてている。私の勝手な想像は始まったばかりで、さらに広がってゆくはずだ。ジグザグ道のように。

　共有は難し慰めに紐解くは『海游録』の朝鮮の華

　身の毒をぬぐ大江戸の祭絵巻朝鮮通信使のコリアンカラー

（二〇一〇年八月二〇日）

*

Ｇｙｐｓｙの調べにかえすまばたきは星嵐あな星の光年

風よ罪は人のみがもつ身の窪の波紋にひたひたナウシカ・レクイエム

うすずみの地図にたどれぬ冬の駅いずくへかゆく貨車の連結

擦れ違いざまひかりの鼓動にふりむけば母体をくるむ未知の極光《オーロラ》

そう鼓動に煙っていたのはわたし、まだみつからない存在理由《レーゾンデートル》

おもうようには生きられぬもの編みかけのマーガレットをまた編みはじむ

父ははの大陸仕立てのＤＮＡ空に刺青《しせい》す日本育ち

ひとりまた月宮に消えむ係累のうしろに鬼神の精霊壺あり

冬虹をあおぐゆうぐれ額《ぬか》ひえて「ふわりにおうね風の大陸」

一袋の小豆をさげて立ちどまるああ雑踏のにおい恋しく

母は臥しひとり冬至に小豆粥《パッチュ》†炊く西風があおる屋根ふるわせて

†冬至には小豆粥を食べる。

性愛にひらかぬ華の藍青《らんじょう》の葉脈のひえ映す夕水

ガーベラをくるむ羅《うすぎぬ》にひかりさす雪のまにまに春蝶をよぶ

春蝶の銀粉ガーゼのコサージュに蕊とし刺繍す　アフタヌーンティーを

綿雲のとどまるさきに絶望という名にひそむ希望やわらか

運命線の真空地帯に三月の森のいずみをふたしずくほど

梅干し

人に遅れ風邪に臥す間に弥生すぐ陽をあおぎ咲く花簪は

そうね風邪の夕餉は白粥に梅干しひとつひっそりひとつ

ソウルの下宿のオモニが一口で吐きだした梅干し風邪をひくたびひとつ

ミッドナイトの風連れ微熱のこし去るあなたは身勝手自負していつも

花終えむ水仙の球根みっつほどを土に埋める後悔なども

停車なき曇ったバスの窓に書く春の潮《うしお》がただまぶしいと

乗り合いバスにゆられて眠るわたくしに莞爾と笑み来《く》運転士の髭

セロハンを剝がす隙間にこぼれくる過去ってしずかな呼吸で　四月

さようなら、じゃねそびらを追い抜いてかぜの五月は二度とかえらぬ

隙間風

意識もたず今日より突如修まるは外国人住民会議の委員

定冠詞は肩書き身分証あらためてコリアンなどと名乗るなんて変

日系人が増えて浮上する意識斜めに見ている支援策会議

初議題はゴミ出し情報に終始する共生は先ずこんなところから

無年金賃金安鬱気分日系人の主張がつづく

唐突に共生移民外国人など歴史認識もてないニホンに

在日史に意識なき土壌に来るという移民時代が伊賀盆地まで

在日は４００人ほどニューカマーは５０００人らしき町の現実

在日へ吹く隙間風に交わらぬ韓流《ハン》ドラマ見ているそれでも

日本人ってむずいなあ子とふらりコーヒーに沈める夕日と吐息

百年の住み処に根付く母と子の朝鮮なぜに越えられぬ国

移民から知事を生み出すアメリカの夢は太平洋を越えることなし

この国に生まれて再入国許可書要る一体わたし入国したの？

傷つけて傷つけられて越えられぬ水溜まりに浮く私の在日

今はただ阿呆らしくって外国人登録証携帯義務再入国許可廃止決定

伊賀島ケ原

おやしろの沈黙ほどく春微風水仙の蕊は水のうつり香

水難を防ぐ願いに描かれし黄水仙の呼気は社†にこもる

†高倉神社　垂仁天皇の時代創建。大和東、都祁から伊賀柘植、近江南に至る重要拠点沿いにある。

天正の乱に焼失まぬがれし正月堂の千年の翳り

本堂十一面観世音菩薩代受苦のみ姿開帳は三十三年ののち

三十三年後の代受苦のまぼろし春のゆめ葉洩れ日にみて楼門をさる

亀の背より照り翳りつつながれくる水をてのひらの窪みにうけて

咲きみちてこもごもそよぐはなびらに野辺一面は花のくちぶえ

二月堂に水を運びしおもざしの千年欅の高さたもつ風

東大寺の開墾移民を祖《おや》として伊賀島ケ原寧楽《なら》の暖色

寧楽《なら》は奈良ウリナラの나라《ナラ》未知の祖《おや》未知の暖色染みて還流す

scene 5

千一夜

雪模様して街角のポインセチアわたしに買われたくて真っ赤ね

ふゆがくる長靴《ブーツ》の底ゆふゆがくるこれからたどる町は砂嵐

わたくしはふゆの旅人森陰をよぎって春のありどをさがす

羅《うすぎぬ》のうすみどりのチマ、チョゴリＣｈｒｉｓｔｍａｓの風に翻し逢う

窓辺にはあの日の翳り星くずのひかりを肩におもかげの輪舞《ロンド》

雪の冷気のこす枝より透りくる語尾に弾力あるきみのこえ

あのころに出逢っていたら？いえ人も季節ももどらないから素敵で

雨となる気配に湿る髪のさき睡りたりない睫のさきも

鬱の文字ぐるぐるまいて眥《まなじり》にひろがる湿りなみだに似ている

*

昔話をすこし菫のさくころの手編みのセーター手袋帽子

お下げ髪ゆわえた赤いゴム紐はすみれの葉陰でねむっています

ものがたりのなかにオモニがなびかせる黄蝶の裳《チマ》が漣をなす

裸電球のひかりアボジのキスに眠る少女の季節の行方はしれず

おしゃべりな耳あり眠るたび膝であなたが歌っていた他郷暮らし《タヒャンサリ》

夏帽子斜めにかぶりウェーヴの髪なびかせて三十代でした

夕雲の海よりおりきてあわあわと窓うつ調べは家族の神話

眠るただ無心にねむる十二年母の無残も照らすともしび

のこされて大きすぎるよトレンチコートに顎をかくして夢迷い人

ゆめの入り口あけてはいつもカーテンがゆれているだけ木椅子の茶店《カフェ》

夢一夜三夜五夜七夜春あまたゆかせて追って……あさって千夜

はるかなりそらのかなしみ吸うために一本の管となり奏でるｂｌｕｅ

蝙蝠のとびたつころか速度もち耳にあつまる風のこえ森のこえ

風切り羽ほしくて手紙を書いてみる　拝啓明日のしらくもさまへ

さがしているのは春の地図真っ赤な郵便受けが口をひらいて

日曜の黄昏夢先案内図郵便配達夫は寡黙にしていそぎ足

花野菜いろいろそろえスープ煮るひとの手の熱たしかめたくて

コートの釦おとした異星へあすはゆこう見知らぬ春の風にあうため

わたくしの川ゆたかなれうしないし言葉のつぼみながれつくまで

韻律を湛え密度をますつぼみよびかわせばひらく辦《はなびら》いくつ

春はまつものふりむく度に花吹雪ちらして風は濃度をゆらす

夢殿の夢千一夜額髪《ぬかがみ》にふぶく神話のはじめのゆめどの

*

年越して編みあげたセーターなないろをくるむ背中《そびら》に予感がほつり

昨夜《よべ》のゆめにふりむいてはつながらぬ視線のままにゆきちがいしが

青葉闇ゆ洩れる傷あり十五年目のゆめに予感はなお回遊す

巻きもどせない季節をきざむ秒針は手首のきずをまたうずかせる

指の腹にとかれぬものをさぐりつつチマの細紐結いなおしては

うすがみをはがす光度に空ひらくかなしみさえもかがやかしく見ゆ

ゆくりなく弥生の雪が吹きつける朝の国道放射状の罅《ひび》

水面をすべるひかりに菜の花のつぼみ胸懐をときはじめたり

湿り塩に菜の花の黄がうなだれぬひらいてはそと掌《たなごころ》で覆う

はじめてのなみにゆだねむ装いはつばさにのせて真珠色のブラウス

月しずく破船にさして漕ぎだせば波状は月の視線のごとし

きずふかき貝にふっくらくるまれて真珠はもっとも真白にそだつ

雪柳ほつほつあおむ雛の日にいろもたぬ春ににじむ十指《じゅっし》が

真っ白がいまはさみしい白桔梗白粉《おしろい》白糸《しらいと》白紙《しらかみ》

是空

＊

水たまりになずさう渦につながって映る絶望希望欲望

イルミネーションの林立のなかマニキュアのゆびの金色《こんじき》ひからせて待つ

あうたびに暮らそうよなどそんなこと草の宴にアクセントなびく

時を売る店ありますか異次元の果てまで売ってうってください

すっぽりと炬燵にゆだね「わたくしの人生の春」ハミングしては

韻律の美《は》しき恋歌うたうたびしばしば麻痺する腓骨神経

時を売るそして消す店さがすため絵のなかにふる霧の町ゆく

韓国ドラマの韻律に憑かれ青空をみつめるふかくはるかなあおぞら

そりそりと木肌にふれてながれくる風は舞仙女《ムソンニョ》のあしゆびの舞

夜の爪そらせて更ける舞仙女のはずむあしゆびチマを分けつつ

高句麗渤海†王朝ドラマに闘う花美男《コッミナム》群れる

†渤海　八―一〇世紀に、高句麗の遺民、大祚栄が中国東北部地方に建国した。

王の男（왕의《ワンエ》 남자《ナムジャ》）

「王の男」は韓国映画界で賞を総なめした作品です。十六世紀初頭、暴君で名高い第十代王、燕山君《ヨンサングン》と広大《クワンデ》（광대）の物語です。ＮＨＫで先ごろ終了した「チャングムの誓い」に登場する中宗《チュンジョン》は彼の異母兄弟で第十一代目の王になります。ドラマの冒頭では彼の生母が賜死《しし》により毒殺されるシーンがありますが、幼少期に母を奪われ、父王に何かと比較され、愛に飢えて育ったことが、人格形成に多大な影響を及ぼしたといわれています。重臣たちを次々に殺戮し、後にクーデターにより廃位、二ヶ月後に流刑地で亡くなります。三十歳でした。廊号、尊号、陵号もないまま、現代も王ではなく君と呼ばれているんです。映像では歴史の裏側で傷ついて孤独に耐える王の心理がクローズアップされます。

広大とは男ばかりで群れをなす旅芸人、男寺黨《ナムサダン》（남사당）を指しています。曲芸、仮面劇、人形劇、農楽のほか、興行先では両班《ヤンバン》（貴族）の意のままに、男色も売って糧にするのです。

王を揶揄する劇で（劇って、そう、歌舞伎を思わせるんです）儀禁府《ウイクムブ》〈当時の特別司法官庁〉に捕らえられ首をはねられる寸前に、座長チャンセンが王を笑わせば揶揄にも侮辱にもあたらないと広言します。

こうして命を賭けた芸が、人前では決して笑わない王をついに笑わせるのです。王は彼らを宮廷に住まわせ、チャンセンの相棒、美青年コンギルを寵愛し、位を与えます。チャンセンは夜伽に呼ばれるコンギルを体を張って守ろうとし、そうして王に抵抗し、目玉を焼かれます。

初めは「王の女」の間違い？　と思ったのですが、人間燕山君が暴力の谷間から零《こぼ》す母恋の涙や、重臣たちの諫言も聞かず、賤民、広大の芸に魅せられ評価する、もうひとつの感性から成立する男三人の物語《ストーリー》なんですね。夫々に恨《ハン》の悲哀を燃焼させる男たちの命ぎりぎりが、なんとも粋で渋くてカッコいい！

農楽のリズムにもウキウキなんですが、なんたって面白いのは王の御前でふたりが再会するラストです。失明し瀕死のチャンセンが、よろめきながらも、生まれ変わればまた広大さと胸を張って口上を述べると、俺もと応えるコンギル。二人の掛け合いの妙味は、宮殿の虚空高く刺して、生き生きと綱の上を行き交うのです。

広大はとても強《したた》かで誇り高かったのですね。いかに権力に虐げられても決して媚びない心の目は、人間の自由と尊厳を求めて野趣に溢れています。揶揄の言葉が実に豊富な韓国語の妙味と韻律美の口上に耳は痺れて、う、うん、うっとり。年末の忙しい折に何回も観てしまった私は、どうやらチャンセンに恋をしたのかも。

（「マダン」３号、２００７・１・１）

scene 6

わかれのしろ

メイストーム尽きて朝《あした》の光りさす旅立つあなたにチョゴリを着せる

はつ夏の空ゆく鳥よいましばし羽を休めよ母が飛び立つ

母鳥の重き臓器は息の緒のおもさよ肺に沁みるあおぞら

嶺を越え海を越えませ母鳥のふるさとは林檎の花さくころか

七つにて越えきし海かもニホンかも八十八年の歳月のはて

かなしみの白ものおもう白母の白きょうはわかれのしろをまとえり

ただひとつ聞きたきことありお母さんしあわせでしたかニホンの暮らし

あなたが好きな豆煮る夕べ雷《らい》が鳴る雷は天空のパンソリなりき

蕗の葉のほのかな苦みなつかしむ一人の夕餉に闌けてゆく春

蕗の葉サンチュ荏胡麻《えごま》キャベツいろいろをくるむが大好き父ははの夕餉

片膝を立ててあなたがくるんでたふとも苦みに顕《た》つ夕景色

曼荼羅に真白のチョゴリ大太鼓祭祀《チェサ》執るあなたの総身《そうみ》張る

かなしみの器とし貝殻にうめる川の字夜の温突《オンドル》

ウリマルのララバイ母のチマの嵩、枕にねむる春風秋雨

甘藷湯《カンジャタン》牡蛎煎《クルジョン》汁飯《クッパ》豆腐《トウブ》チゲ夜ごとの竈に籠もるにおいよ

ああ夜霧わかれのヴェールが肩覆うふりむかないで昨日のことは

花嵐傘をするするとばし吹くどこへいくのか傘も私

*

午後四時に咲きだす花にほほよせて訊く午後四時をつげる思いを

寂しさの隣りあわせにたつ影を数えて今日の家族日誌書く

さみしさのとなりあわせになにもなし十三歳からたそがれていた

ただひとりの娘で育った重たさは秋蜻蛉《かげろう》がしっていました

親に従い寺に従い施餓鬼《せがき》チェサ流離の肩に吹く季節風

綰らねば

梅雨寒ににおいしるけくどくだみのしろい十字架空《くう》にひろがる

蔓をもつものはなにかに綰らねばいきられぬ螺旋階段を這う

蔓をもつ朝鮮朝顔の百年にぽつんと並ぶぽつんと家族

キミが子であった季節の扉《ドア》すでに閉じられていてぽつんと雲よ

未知未来未生未完みみみみみ　未にはなにが潜んでいるのか

射干玉《ぬばたま》の窓につばさの影映す飛べないつばさもつ鳥がきて

山脈《やまなみ》を越えられぬ鳥棲みついてながれるばかりふたたびの秋

睡りわすれた一羽の鳥を止まらせて秋霖《しゅうりん》の野に傘さしかける

ふかくはてなく夢見る鳥の嘴がこぼす虚構に短し夕焼けせまる

貝よりも醒めて虚構を聞く夜はゆるゆるほどく蝸牛の渦を

黒革のキャップ

湖に漣たつはみじかすぎるキミの一生《ひとよ》のパンソリ†なりき

†パンソリ　韓国伝統芸能。歌唱者と太鼓打ちで奏でるオペラ。

湖底には母のナミダの精霊壺沈めてキミが孵化するために

夕虹を銜《くわ》えて雲を突く鳥はキミなり一直線につきぬけてゆけ

雲雷虹この世の愛を突くキミよ飛翔の鳥かげ追うのみ母は

爪立ちてまさおき空へ遠く曳く片翼の鳥へのばす触角

天空を越えよあなたにはるかなる銀色飛翔の終《つい》の絵姿

予定表のページにけっしてなき別れ追いつつ胸の伽耶琴《カヤグム†》響《な》らす

†伽耶琴　十二絃の新羅琴。正倉院御物に置かれている。

チマの裾ひらいてくるむおもいでの花たば秋日にねむらせながら

父ははがはた姉が逝きキミが逝く行逢雲《ゆきあいぐも》が風がねむる朝

ふたたびみたび四たびはキミを葬る秋　蒼旻《そうびん》はてなし果なし苦界

菊の花蔭うもれてものをいいたげな遺影はなぜに安らかなりき

抱きしめてまただきしめるほかはなし母を裏切る遺影のおちょぼ口

今宵またふみしめ降りる足音が。やっぱり起きてきたんやね

なんてつめたい指耳額あたためてあたためてもうごかぬ体

ゆすっては呼んでゆすって幾夜も幾夜も呼ぶゆめの川岸

夜ってこんなにこわかったんや夜具にくるむ耳裏さみしく沁む川の音

とめどなくアヴェマリアながすひとすじの涙に醒めてひらく真珠貝

＊

蜜蠟†をともして燃やすうつし世のあかりとどけむ隠り世のキミへ

†蜜蠟　朝鮮王朝時代製法の蠟燭。暖かな色をもつ。

心模様もやす蜜蠟小《ち》さき灯がゆれてゆらゆらてのひらに弧

王朝の灯り恋いほし現世《うつしよ》の母はともしてふたり語りする

母は蜘蛛糸吐きのぼる天上に離筵《りえん》の水で絡めあうのよ

切れそうで切れない糸をひた紡ぐ月夜に蜘蛛の脚乱舞する

あんなこと……こんなこと……喧嘩のこと夜明けの星と月のこってる

なめらかに指うごきだしパソコンの修理にかかるよこ顔寡黙

モノローグが映す歳月速度もちおもいだされて擦れちがいばかり

遠ざかり欠ける薄命の月のもとどじあわせてはひらく擦れちがいの扉《ドア》

スープは熱くコーヒーはすこしぬるめ。なれていつしか秋彩《あきいろ》キッチン

とりのこされてひとりで開く「暗行御史《アメンオサ》†」朝鮮王朝史闇の剣士ら

†暗行御史　朝鮮王朝時代の王命で地方長官の事績や非行を調査する役人。

「暗行御史」全巻並ぶ本棚にキミの朝鮮に踏みまよいいつ

覚えたてのウリマル「앉아†」「공부해라‡」命令形で言ってたりして

† 「アンジャア」＝座って。

‡ 「コンブヘラ」＝勉強しなさい。

海に向きシートが並ぶ海岸列車《ヘアンヨルチャ》乗ってみようよ母国のツアー

死後の手続き終えてへなへなすわりこむ畳はひえて入り日よりそう

阿保やなあほんまに阿保や阿保阿保阿保百回叫べばわらいたくなる

在日を分けあえぬまま春の欠片《かけら》ふたつ埋めて夢と球根

薄紙をはがすに似たりひとりずつ消えて月宮を覆うよこ貌

モノクロームの砂漠に埋めし備忘録風紋が消す無造作にけす

天の厚み深みにいろをうしなわぬ星座にあずける傷もつ虹彩

うすものの衣《きぬ》はがすかに山茶花のはなびら路地にこころに散りしく

暖秋のなごりの雲にララバイをうたう夕日が気管をそめる

ひらきしままの両腕胸《もろうで》にかきいだく冬くる風に追われる枯葉

十四年隔てて彼の父さがす把握に難き精霊が添う

霜月尽はるかな青そら記憶もたぬただ温かきひとの肩さき

はにかんでうなずく笑顔にいいきかすとぎれた家族の空間歳月

黄金《こがね》いろの無数の葉脈夕映えにふらせて公孫樹の空間並木

形見やで。セーター　ジャケット　マフラーを渡すふっくり残照がはう

キミが命に替えてかなしみにみちし会いひっそりとじてつかのま家族

木枯らしが吹きます。なみだかくすため目深にかぶる黒革のキャップ

*

護るもの護りくれるものもたぬ手の皹割《ひびわ》れ熱によぎる冬の雨

うしないしものはかえらぬ横断歩道《ゼブラゾーン》に待てばななめに透過する影

玻璃越しに映る過去《すぎゆき》鳩時計みずいろのセーターに透る夜霧が

いのちもつもの恋いほしくたなごころにくるむは卵　あさのひかりに

*

半年を経てまた辿るキャンパスに石の狛犬春雨にかすむ

半年を経て繰るテキストありなしに鎖骨を伝う鼓動聴いている

謝って下さい何故なぜなぜ逝った。野辺にうつむく菫ひとむら

どうしても動かぬハンドル逝きし日は金曜日だった空あおかった

古書店にキミが求めたエッセイ集鷺沢萠はチョゴリ姿で

父ははにキミに会いたいふとあいたいあいたくて会えなくて闇ただしろい

設計図は未完のままです唐突にキミ過去景色に背を向けてたつ

scene 7

ヴォカリーズ

木曽三川《さんせん》凪いで二月のひかりちるサッカーボールは遠くに行き交う

海いろの木曽三川のさざなみにながす花びらながれる月日

親子連れがリュックを背負い駆けおりる、ああこんな日があったな、たしか

ひかり散る鼻梁の翳りぬすみ見るこの恋どこまで水仙しろい

しばらくは会えない術前日曜日広重の絵のような川べりが

駅前は上野の町より大《おっ》きいわ　ふたり笑うよとりとめもなく

女男《めお》峠見下ろして年を取ったんやね、いいかもそれも結論なんて

もどりえぬ一条の道に夕陽せまり女男峠に風をくぐる残映

ヴォカリーズ流し銀髪がゆるやかにゆれて淋しいさみし火灯り

風のように森のように耳に染むヴォカリーズのソプラノひとすじ

今日は素直なんやねヤケニ、これ普通、言葉つないで並木道まで

昨日今日１００円ショップで準備する見えないお金あっさり消えた

やっかいを抱いて巡る西東ご機嫌斜めの今日の椎弓《ついきゅう》

もうどこにも行きたくないという体枇杷湯に沈めなだめてみては

謎の珠

慰めに紐解く謎の朝鮮史今宵も日付が変わってしまう

白昼夢《デイドリーム》ふいに映像に風が立つはるかな壁画の都よ高句麗《コクリョ†》

†高句麗　紀元前ツングース系朱蒙の建国という。中国東北部、南東部、朝鮮北部に渡り四、五世紀に全盛を築いた。

高句麗壁画†の王さま朱蒙《チュモン》の神話学色取月《いろとりづき》が点すロマンス

†高句麗壁画　二〇〇四年ユネスコ世界遺産に登録。古墳二万基、壁画九五基が存在し繊細で華麗。

相撲図四神図狩猟図三足烏図星宿図飛天図神仙図天孫意識

武具の種類の夥しくてサーカス図騎馬戦図にアイデンティティー映る

九十五基の高句麗壁画の弁証法いかなる国か東亜の高句麗《コクリョ》

東アジアの強国遺跡かなしみを連れて壁画の都より吹く

核に縋るほかなき国の美しき壁画の遺産まぶたを覆う

遥かなる大和の遺跡の鬼瓦蓮の模様に映るは百済《ペクチェ》

高野槇で作られていた武寧王《ムリョンワン》†の棺の謎をときあかしてみたい

†武寧王　百済第25代王、在位五〇一～二三年。

薄様を剝がして開くふたつ国視野の端よりうきあがるヒトコマ

史部《ふひとべ》†の系図たどりぬ西史、首《かわちのふみのおびと》船史《ふなのふひと》、白猪史《しらいのふひと》くりかえし読む

†史部　古代大和朝廷で文筆の職務に携わった人々。多くは渡来人で様々な書記集団勢力集団があった。

和爾《わに》下《した》神社のかたわら人麻呂の墓のある国道１６９号線を走る

水底より古代の秘密たぐりよせる大和河畔†の船着き場まで

†大和川　六世紀百済よりの仏教伝来の地。

たおたおと取り出す古代史謎の珠まわしてはまた珠のナゾめぐり

余りもの

人の数は病の数です病棟の気長き夜のベッドのきしみ

術後観察室のカーテンくぐり迷い込む思いがけなくキミの笑顔が

あの日のままね、元気そうやね、どこに居るん？　今どこに？

お母さん一言いってかき消える幻に醒めるナースの声する

＊

ウェーブがゆれてはひかる花のピアスとってても似合ってはにかむたびに

一日おきに郵便物をとどけくるあなたは耳にピアス光らせて

ジュラルミン製のコルセットはずし温泉に浸るこんなにも朝が美味しい

傷跡を映す鏡にため息の模様にまじるエアコンの風

作りすぎ幾日も食べる大皿の南瓜のチヂミはリクエストだったね

のこされてひろすぎる部屋余る家具余る食材あまりものでくらす

燕くる三月三日に生まれたがなにかいいことあったかな　わたし

つづまりは母が死なせた傷跡に五月の光あてててもくらい

いっぽんのうす桃色のカーネーション今日はひきよせ面影に挿す

身巡りはだあれもいないしらじらと月照る夜は絵葉書をかく

ふたり子のいずれの傷もはかりがたし在日暮らしは出口見えない

ちょっと濃いめのコーヒーとレタスゆびさきにしばし白つゆのにおいとどめて

手折りては野薔薇に添わせる水の香り添うものあるはしあわせなりき

宵ごとにこぼす微笑みウインクは涙のかわり魚を泳がす

掛け時計は停まったままです巻き戻すすべなく告げて雨ふる場面《シーン》

キムチ丼他人丼中華丼混ぜてアラ還の行路混沌

秋は過酷に奪いつくす季節月宮におくる繰りごと短歌《うた》のかずかず

ほどく

土曜日の朝の鏡に映しだすほどいたゆめの息継ぎ模様

カーテンゆもれるひかりの放熱をほどきはじめる四肢のすみずみ

南瓜の種向日葵の種肺葉にまけば双葉のみどり萌えたつ

白壁をかむ蔦黒き骨格に雨後のひざしはさだまりがたし

浮きあがりまたしずんではキミの背に歳月の輪唱砂塵にまがう

遺影わずかに宥める風の震幅はきおくの北限ゆ吹きこぼれたり

お伽噺の即興せがみからめくる寝際《いねぎわ》の手首うすくはかない

もどり橋あな久離橋境界にふる雨まぶたの底をさまよう

掛け時計に嵌めた言の葉弻して花南天はいっせいに散る

遠く近く羽音のさざなみ交わし合う小鳥がほどく空を這う靄

須臾にしていまを圧する光ありまぼろし嘴にとびたつ母鳥

カーテンに蔭ほのしろくただよえばキミにきかせたララバイ解く

檸檬ひとつ手にするものはもの言わぬ　はやばやと午後は黒きエプロン

嘘まこと双手に菜花の束濯ぐたおたおと浮きほどける気泡

余光のなか屈折美しき水上に映えて蜻蛉の婚姻飛翔

水時計の水よりうすい縁《えにし》たたみ蜻蛉の羽にそよがす　ふわり

既視感に赤いシグナル神経の抹消へおくる不可視光線まで

花のブローチ編んではほどき結んではほどいたままの婚のジグザグ

かなしみの輪郭に添い薔薇を編む　さかせられずに人生の薔薇

草木がさわぎはじめる歳晩に大気の襞よりひらく湖

花占いのはなびらにのこる花蕊は揮発すやがて双曲線も

ひしひしとまたたく星座墜ちながら意識のめぐりまわるよ破片《かけら》

ふりかえる刹那の神話余白とはいまだしらない父ははの山河

鳥瞰図に未踏の山河溶暗へ　ふわり泳がす帽子の雪華

白亜紀の恐竜雄《ゆう》が卵《らん》抱く去年《こぞ》は化石のままに　安寧《アンニョン》†

†安寧　挨拶語。ここではさようならの意味。

ふたたびみたび火の鳥爆ぜて舞い落ちて真空地帯にしびれる羽毛

キミの欠片《かけら》わたしの欠片つなぎあわせＥＸＩＬＥとめどなき夜のｄａｎｃｅ

アンデスの氷山しずくを輝かせ書きかけの手紙はじくかそけく

禁断の山並みあおぐ夢風船は翼の化身のせて漂流す

아아《アア》 멋지다《モッチダ》

海草のように戦《そよ》ぐ青原を全裸の父が、羽が生えたかのようにふうわり、ふわり、さ迷っている。私は驚いてうしろの長男を振り返る。アボジ、連れ戻さんとあかんわ。なんでこんなとこに？　うん、と彼は頷《うなず》き二人で懸命に追いかける。なのに、あんなにゆっくり歩く父に追いつけない。大声で呼ぶと、チラッと振り向いたけれどそのまま素知らぬ顔で。

闇夜にゆるやかな屋根の反りと大きな木のシルエットが浮かびあがる。父はそして木の下へ流れ星のように掻き消える。木の下を潜ろうとするけれど二人とも入れない。もう一度大声で呼ぶ。アボジー。その声で目が醒めた。ああ夢なんだ。父は末期癌で殆ど動けなかった。亡くなったのは夢から二十時間のちだ。初めての肉親の死にただ戸惑うばかり。こんなことならパン屋の社長さんから教えられたM寺に伺っておけばよかった。二週間ほど前だ。パンを買いに行くと、久しぶりに会う社長さんが手招きをする。

「あんた、お父さんのお寺とかある？　なんならM寺へ行っておいで、寺町にあるワ」

サラリーマンが一人サンドイッチを覗《のぞ》く。家路に急ぐ人々が行き交う本町通り。夕暮れの雑踏は夏の残り香がした。

葬儀屋さんは、携帯電話で話している。ふいに私を呼ぶ。M寺が通夜も葬式もOKだから今夜の通夜の話に行こうという。M寺は社長さんが檀家《だんか》総代を務めていて、すでに話が通っていたらしい。葬儀屋さんの車が大きな松の木の前で止まった。どこかで見た？　いえ、でも思い出せない。通夜の闇が風になまぬるく絡み始める。白いチマ、チョゴリに月の光が降りてくる。入り口の木を見上げる。あっ、これ！　これって……これは偶然なの。

十九歳で海を越えてきた父は葬りの場をもたない。私は悲しみにひたる時間がない。喪主が座ったり立ったり。なぜかしら気になって見上げてしまう夜の白雲の切れ目から、照らし出される黒衣のシルエット。きっと、あの夢の続きを見ているのよ。

ふた七日が過ぎる。つい夢を思い出し考え込んでしまう。私はM寺に電話をする。夢に導かれるように、パズルを解くように、そうして満中陰に父の墓が建った。私は初めて涙を流す。秋風がそろり前髪を揺らす。こんなに遅くなってごめん、ごめんなさいアボジ。

翌年に、母が倒れ十三年を寝たきりのまま、昨年五月に逝った。九十六歳だった。父の墓へは、しかしまだ入る人がいた。長男だった。私の、彼の、人生の予定表に決してあってはならない死だった。十月の空、とても青かった。とてもとても。

両親と彼の遺影が並ぶ部屋に大晦日《おおみそか》が来て、祭祀《チェサ》（法事）が巡る。叩頭《こうとう》をし両の掌を天に向ける。それから杯を捧げる。私はサランへ（愛してます）を歌う。サランヘエー、ターンシヌンー、チョンマルロ、サーランヘー。（愛してるよ、あなたのこと、とても、愛していますよ）

かなしみに微笑《ほほえ》みながら　こんにちはキミの形見のキャップふりつつ

歌舞伎と密《ひそ》かに名づけている犬がいる。目から鼻筋にかけて黒い縁取りがある。通るとけたたましく吼える。喧嘩に弱くて毛が抜けて、ションボリ眠る黒い野良猫。若いパパに抱かれている赤ちゃん、どうかそんなに見ないで。恥ずかしイから。未来や過去を考えない、言葉をもたない、ただ今を等し並みに呼吸する彼ら、無色の魂たち。ああモッチダ（素敵だ）。昨夜《ゆうべ》は春の嵐が吹き荒れた。買い物帰りに、つい道草をしてしまう野辺に、それでも黄水仙はふたつひらいていた。

遠い日の約束のよう春水にひとつながして水仙の黄《きい》

（「中日新聞」2008・4・30）

scene 8

風のマダン

微笑えむは未知の夕暮れ高麗の黒壺朝鮮王朝の白壺

ゆるやかに笑む黒い壺白い壺わたしをみんなうずめてみたい

一輪挿しのしろ花は濃紫ここはどこ未知の朝鮮に踏み迷う京《みやこ》

鳥形の餅の押し型餅菓子に五月の節句をほのか映して

葉陰には一対の石人《ソギン》が目を閉じる五月そよふく風のマダンに

鯉の口より生まれて龍門花文字絵龍のまなざし愛撫に似ている

韓国古美術の美語る主《あるじ》の白髪《しらかみ》がときおりひかる火灯りのもと

書棚にはハングル文字の専門書主は韓国古美術のユーモアをいう

韓国の壺のふるさと美術史をはるかな風に吹かれつつ聴く

京のみやこの街角風のマダンあり風は韓国土《からくに》のにおいよ

白壺黒壺日本人のあるじ説く民の普遍の明るさ大らかさ

運河

ゆうぐれは扉《ドア》の向こうに扉《ドア》つづくあけられぬ鍵つぎつぎに挿す

遠く近く傾ぐ想いに鍵にぎる蟋蟀が鳴くじんじんとなく

季節ひとつ逝かせてクリスマスの羊飼い尋ねてきました後れ毛そよぐ

あてのなき嘘を結んで唇はきょう一日の罪と罰呑む

未だ死を告げられなくてまた届く同窓会誌ゴミの日に出す

微粒子を集め犇めく花びらが脳《なずき》にみち来《く》るよるのしら菊

重さもつ野の昼下がり蒲公英の絮《わた》のながれに遠ざかるなに

ハートブレイクの歌ばかり背中《そびら》は聴いていたそびらの力をぬいてやれずに

赤いゴム紐黒いキャップ白いチマ浮かべてなおも運河無彩色

ひとすじの声のみほして運河には始め終わりのなきバイブレーション

高低をもたぬ声ごえ迷いごえ運河に墜ちて水紋を呼ぶ

シミのこる古びたメモ帳約束とおやすみ告げてつづく余白が

手触りに水位ありメモのペンの跡ほそきひとすじ思惟に似ている

未生以前の子宮にもどす桃いろのカーネーションの久遠のうすもも

幻日に顕つ虹《こう》かなたにいつまでも蜜蜂は掬いきれぬものをすくいつ

ひとつずつ山折り谷折りいのちおり花冠のはな宙に舞う

水にながせぬ

下関は暑かった。真夏の焼けるような太陽が青い海に照り返ってキラキラと波がはじける。潮風が吹き抜ける時だけ、わずかに首筋がひんやりした。私の黒のワンピースも息子の白い綿シャツの背にも汗が滲み出ている。

自動販売機を見つけると、すぐさま二人で買いに走った。

「僕はいいです」

傍らで長島さんは笑いながら言った。

「暑くないんですか?」

「仕事だと暑さとか疲れとかは余り感じないんですよ。かえって通勤の時なんかに疲れてしまってね」

長島さんはNHK国際放送局「ラジオ・ジャパン」のディレクターである。こうしてお目にかかるのは実は二度目だ。

第一歌集『鳳仙花のうた』(一九八四年刊・雁書館)を出版した時である。長島さんは、当事はNHKテレビ名古屋放送局に勤務しておられた。

確か出版した年の秋頃だったと思うが、歌集を手に私の店へ訪ねてこられた。『鳳仙花のうた』を題材にして一時間のドキュメンタリー番組を作りたいのだという。

下関より青森までをさすらいし飯場人夫の父と知るのみ　（『鳳仙花のうた』）

この歌を中心として一世の父が上陸した下関から辿り、歩いたさまざまな場所を二世の娘の私と共に旅をし、それに合った歌を背景に流して「在日」の今を問う内容である。

歌集が映像化されるということに私なりにためらいがあった。しかし父にとっては、古い傷口をさわられるような、もっと直接的な嫌悪感があった。それは生理的嫌悪といってもよいかもしれない。

「ワシは出んぞ」

それでは二世の私の一人旅でという長島さんの企画は通らずに、この番組は結局ボツになってしまった。

昨年の五月、私は第二歌集『ナグネタリョン』（河出書房新社）を刊行したが、そのことが長島さんにこの企画を再燃させた。

「モシモシ、私長島です、ＮＨＫの。お久しぶりです。今度企画が通ったんです。ラジオ番組なんですけどね」

私は今度は最初から父には話さなかった。父にとっては八年前も今も応じられないことに違いないことが訊かずともわかっていたからだ。長島さんもそれを承知して下さって、今回は少し方向を変え、二世の私と三世の長男との二人旅で、父の足跡を追うという内容になった。

神戸に住む大学三年生の長男の元男はこのことをどれだけ理解できるのかはわからなかったが、日頃私が話していることや私の作品などから幾分は共感をもってくれていたのか快諾をしてくれた。思いがけない彼との夏の旅である。

発酵し彷彿とする風景に十九の父の黄ばみたるパジ　（『ナグネタリョン』）

一九二九年の春に労働者募集の貼紙を頼りに母親からわずかな渡航費を貰って日本に着いた時の父はパジ・チョゴリ姿であった。

下関から大分の梨園で二十日余り働き門司に渡って船舶荷揚作業所で三ヶ月ほど働いた。無給の炊事夫だった、その後の父は飯場を転々としながら賃金闘争に加わるようになる。当時の朝鮮人の賃金は日本人に比してかなり低かったためだ。読み書きができ、弁がたったことが闘争に重宝がられたのだろうか。政治好きで議論好きで、当時は髪を伸ばし辻演説などをしていたというが、ちょっと想像することができない。

やがて闘争の首謀者として指名手配され、逃走に失敗して逮捕された。夜の米原駅であったという。

父の話はそこから空白状態である。私が生まれる前から上野市（現伊賀市）で軍の仕事をしていたという。航空母艦の修理や火薬庫の収納、軍用飛行場の作業に人夫百人余りを使う親方だった。赤紙の来た朝鮮人を救ったというのはこの頃で父の全盛期だったのだろう。日本の敗戦で丸裸になり製綿工場を始めたのだが、それが私の六歳のとき倒産している。

父は酒を呑むようになった。私は今も膝に抱かれながら父がほろ酔い加減で歌っていた「タヒャンサリ」の幾らか暗い声を思い出すことができる。一世によくありがちな酒に酔って乱れるとか、妻を打ったり子どもを叱りとばすとかいったことはなく、日頃の労働を癒すための少量の酒と歌であった。

歌いながら父は何を思っていたのだろうか。それはたとえ、私が近代史を学んだとしても推し図ることのできない父の内面世界であったのだと思う。午後五時に関釜フェリーが出航するというので、収録のため長島さんと元男と三人で波止場に向かった。思いの外巨大な船体が海面にただようように停泊している。

待合室の喫茶店では出航前に簡単な食事をする人たちの韓国語が耳をつく。うどんに人気があるらしく何人か揃ってカウンターに座りうどんを食べている。年配の女店員《ウェイトレス》はもの慣れた感じで「五百円《オウベゴォン》」と韓国語で言った。殆ど商用でやって来た人たちのようであわただしい空気が流れる。そこからは、かつて関釜連絡船が多くの一世を運んだ切迫した風景を想像することができない。五時が近づくと待合室の人たちが桟橋を渡って船に乗り移る。船は出航の準備に入り、霧笛が鳴り「蛍の光」が流れ出す。デッキに並んだ人たちの中からごく自然に手が振られた。それは、先ほどのあわただしい雰囲気とは違って、どこか哀感がこもり潮の流れのように私の胸に浸み込んできた。

「ああやってアボジも手を振ったんかしら。どんな気持ちだったのかな。あなたより若かったんやもの」

「ええことって何もなかったやろな、おじいちゃん」

元男がしんみりとして言った。彼が誕生したとき、男の子をもたなかった父は興奮し、うっかりと駐車違反をしてしまった。「男の孫が生まれたので車のことなんか忘れてしまった」とお巡りさんに言ったところ、そのお巡りさんは「それはお目出とう」と祝ってくれ、違反を見逃してくれたのである。

その後の可愛がりようは彼が誰よりもよく知っている。ただただ優しいばかりでしかなかった祖父が在日一世という重い歴史を背負って生きてきたことを、今彼なりに理解し受け止めようとしているようだ。

「こういうことは、やっぱり伝えていかんと。そういう義務があるように思う。僕も多分日本の人と結婚すると思うけど、知っている限りのことは相手の人に話そうと思う」

長島さんは二人の会話を収録した。船は静かに海面をすべりだした。深夜には釜山に着くのだという距離の近さを今さらのように思いながら、小さくなってゆく船を見送った。海はただ青く空もまた限りない青だった。それは、もの言わぬ父の心のような青でもある。

日本の統治を父を通して考えるということは正直なところ私には辛いものであった。父が娘にも語ろうとしない気持ちがわかるような気がした。二日間の旅ではどんなに心を思い巡らせてみても、父に近づくことは勿論できない。父は父であると同時に一人の重い人生を生き抜いて来た人間なのだ。一人の人間の生きざまが簡単に感じ取れるというのは無理なのである。しかし私がこうして三世の元男と共に日本に在ることを未来につないでゆこうとするときやはり、父が体で築いてきたものを水にながしてはならない。私は今ようやくそう思い、学び始めようとしている。

水にながせぬものとは歴史骨太く生きしといえど寂し父の指

（「季刊青丘」14号、一九九二年冬号）

わかってほしいの

高校生活が終わろうとする春から夏のころ、何通かの手紙が続いて届いた。差出人はどれも見知らぬ男の子。父は学校から戻った私をすぐさま呼んで正座させ、手紙を温突《オンドル》の床に置いた。いかめしい顔だこと。私は小さくなって、折りたたんだ膝の上に手を揃える。

「誰や、この子は」

「知らない」

「そんなことあるか、誰なんや」

頭上から声が響く。本当に知らないのに。その日から二〜三日は学校以外は外出禁止。そんなある日曜日、男の子が十人ぐらい、トタン屋根にバラック建ての我が家を訪ねてきた。真ん中にTがいる。彼のことはおよそ知っている。校門で時おり擦れ違ったり、バスセンターで見かけたりしていたから。野球部のエースということなども。彼に夢中になって放課後には練習を見ているクラスメートのM子とは仲がよかったから。でもなぜ彼が？　何の用事？　母に告げられて訝りながら出る。詰襟に人差し指を押し当てて彼がまず前に進み出た。円らな黒目がちの眼には落ち着きがなかった。背の高さを初めて知り、見上げる。

「ゴメン。まだ寝てた?」

「……ううん起きてた」

「これ、俺が作った飛行機」

Tはいきなり飛行機のプラモデルを差し出し、私の手にとらせる。他のいろいろな乗り物のプラモデルが飾ってある部屋の写真も見せてくれた。

「わあ上手や、すごいやん」と言うと、彼は日に焼けた顔を瞬間ほころばせた。唇の間から白い歯が一直線に光った。

「あのな、俺、つきあってほしいねん。一人ではよう言わんから野球部の仲間連れてきた」

見ると近所のDやHの顔も見える。家がわからなかったからだろう。二人はニヤニヤしながらTと私をかわるがわる見る。上体を大げさに曲げる。そして掌で口元を押さえ、声を出して笑った。Tは当時では修学旅行で初めて手にする、高校生には貴重なカメラを取り出すと「写してもええやろ」と言って私の顔にピントをあわせて構えた。通りすぎようとして隣家のお婆さんが覗く。見知らぬ男の子の制服集団をぐるっと眺め回すと、腰を伸ばして家の中に向かって母を呼ぶ。

「えらい朝からお客さんやなあ。マーちゃん、何かあったん?」

マーちゃんというのは当時の私の呼び名だ。正子だからマーちゃん。母はなぜか得意げに、

「もうビックリやわ、なんや知らんけれど朝起きたら男がずらーと並んでてん」

その日のうちに小さな村ではこれが噂になって駆け巡る。カンカンになった父は以後、学校から帰る頃はいつもバス停で私を待つ。仁王立ちになって。

「日本の男は死んでも許さんぞ」父はいつもそう言い、そしていつもそれは本気だった。アボジ、心配要らんよ。私、誰とも付き合ったりなんかしやへん。なぜって韓国人っていちいち断ったりは骨が折れる。そんなことに気を遣ってまでは嫌なん。


三学期が来た。登校日が週一回になった。担任のN先生に廊下で擦れ違いざま呼び止められる。先生は神経質そうな眉を一文字にすると、低い声で古典を読みあげる。眼鏡越しにいつも生徒を見渡してはアップに結い上げた髪を時どき手で撫でたりした。先生の話は、校長先生の考えで卒業式には本名で呼ばれるということだった。香山《かやま》という名が当時の生活名だ。新任の先生から「美しい名前やな」と言われるたびに、日本人と区別のつかないことに抵抗を感じ、とても複雑な思いをしていた。しかしこんな風に突然本人の意思に関わりなく本名を学校が押し付けてくるのには不満だ。N先生は「気にしないで、我慢して」と言う。ああ、何もわかってへんわ。我慢してすることじゃないよ。自分を取り戻す出発の日をどう思っているの。我慢？この馬鹿教師、できそこない。眼鏡に卵でもぶつけたろうか。

卒業式は講堂で行なわれた。字の読めない母はこういう日には決して来ない。父が出席する。アイウエオ順に名前が呼ばれる。私はいつもはカ行で早いのだが、リ・マサコなのでなかなか呼ばれない。F子が後ろから袖をしきりに引っ張りながら囁いてくる。

「どうなってんの、忘れられてるやん、あんたの名前」

彼女とは同じクラブに所属していて、私が韓国人であることは以前から知っていたのだが、経緯《いきさつ》を話す機会もなかったので、このことは何も知らない。

式が終わり校門前で仲良し同士があちらこちらで固まって名残を惜しむ。記念写真を撮り合う。女の子は泣いている子もいる。F子が駆け寄って来た。息が弾んでいる。セーラーカラーが風にめくれた。ポンと私の肩に手を乗せる。

「どうして？　今日で終わりやん、何で承知したん。皆《みんな》知らんのに、何で？　これでぶち壊しやわ」

ふとTを思い出した。あれから何度かTはたびたびプレゼントを持ってきてくれたけれど、進展しないままだった。彼はDやHから聞かされていなかったのだろうか。そうでなくとも粗末なバラックを見たとき感じていたのでは。T君、言わなくてゴメン。本当にゴメンね。

でも、今日はね、李正子と皆の前で明かした日だもの。確かに記念日だね。私は写真館に一人で入る。昨日まで腰に揺れていた髪を切ったのはそのためなの。これからは言うよ、私、韓国人でーすって。シャッターの切られる音を首筋を撫でる髪が感じていた。

父から禁じられていた恋をしたのは二十歳になったばかりの秋。その人には最初から韓国人だと明かしていた。これで大丈夫解ってもらえるかも。でも二年後に彼は婚約していた。それからいくつかの恋を見送った。そして私も結婚した。父が一目で決めたけれど、日本人に囲まれて暮らす環境ではそういう方法しかなかった。仲人はだいたいが金儲けで両家を引き合わせる。相手の人は大阪とか名古屋に住む場合が多く、未知といってもよい。情報はきわめて少ないが、二人の相性と干支は念入りに合わせる。親の意思でお見合いの日に結論を出す。だからとばかり思わないが、この結婚は二十四年目に私がピリオドを打った。かなしみはなかったし、涙もなかった。桜紅葉が散っていた。

最近、母が入院している病院のエレベーター乗り場でF子に会った。彼女のお母さんも入院しているという。高齢の母の病状を短く告げあって労《いたわ》りあう。もうそんな年代やね。セーラー服着てたなんて嘘みたい。Fちゃん覚えてる？ 卒業式の後、抗議するように肩を揺すって言うたやん。確かにあれはあなたの善意。けれど、でも、それではあかんのよ。善意だって人を傷つける。理解できないとあかんのよ。この間、待合室でよく見かけるお婆さんに名前を聞かれて、「イです」と言うと通じへんから「韓国人です」と言ったら「言わんかったらわからへんのに。あんた、そんなには見えへん」って。あのときのFちゃんと同じね。

違うんよ、違うの。そうやない。拉致問題や歴史認識で共有できないものや、他にもいろいろ抱えてて張り裂けそうなんよ。私は今でも捜してる。韓国人とか日本人とか、そんなこと超えて、ただ人として好きになってくれる誰かを。信じられる誰かを。それには違うってことを曖昧にはできへん。わかって、わかってほしいの、わかってほしいねん。　（「前夜」３号、２００５・４）

朝鮮の詩歌

コーヒーにミルクを少し匂わせて朝鮮近代詩にふかぶかと酔う

故河故山つましき乙女と青空を奪わないで　李《イ》相和《サンファ》はうたう

『奪われた野にも春はくるか』わたくしは読みながら泣く目を開けて泣く

晩春《おそはる》の嵐が雨に変わる朝イサンファの詩になずさう揚羽

金素雲《キムソウン》洪蘭坡《ホンナンバ》李《イ》相和《サンファ》旋律美しき朝鮮の詩歌《うた》

あめにまじり産毛のようにしめりもつ涙は池の藻にからめます

糸菊のひとひらふたひら散る胸に耐え難きまで黄の群れ満ちる

満ちて欠けかけてはみちる月に似てわたしの今日と月のあしたは

捨てたきは国家国籍国境か　月を羨《とも》しむひとつがうつくし

この国にあの国にひとりぼっちの痩せ我慢四月の月光《つきかげ》にふたりはぬれて

背もたれのなき椅子に座りおもうなに日本育ちのニッポン不信

ナグネ、デラシネ

デラシネに保証などなきふるさともなくて口ずさむ朝鮮の詩《うた》

朝日歌壇鑑賞会なる攻撃文私はわたしの暮らし詠むまで

基地外とはキチガイの歌の意味らしい　ネットに影のみえぬ攻撃

ただひとりの人とし歌を詠むほかになにもできないなにももたない

心はだれにもわたせぬ風の五月尽デラシネもまたしあわせをもつ

ナグネ、デラシネ知る幸いは日本人が知らずに過ぎるかなしみストリート

かなたよりひとすじうべなう声あればひかりにのせて微笑《ほほえみ》かえす

思うほどよくもわるくもない日々のナミダなぞるは喉《のみど》の微熱

闘いの時考える時あり目を閉じればいろいろ集合体充ちくるやがて

ああ秋がおもいださせる父ははの身世《シンセ》打鈴《タリョン》の夜の喉笛

風は手がなくても木々を揺するだろう温突《オンドル》夜話《ヤファ》の父の手枕

scene 9

沙果、林檎そして

読みさしの栞をひらく窓際に入り日の湿りはくちづけと思う

いつよりか書かずにすぎて歳月に賀状にふるふる息のおとふるう

旱天のひらく気配に醒めてなお青虹《せいこう》の輪郭ひとすじあわく

うすあおき風傷の林檎のてざわりに次の世もつぎの世もりんごのてざわり

林檎みのる母のふるさとてざわりのあらぬ縁《えにし》の果ての波おと

傷つくことなど平気うそぶいて見上げるシグナルいつも赤色《せきしょく》

潦《にわたずみ》にうかぶ木の葉にからんでは秋の微熱をなつかしむ風

*

蟹座って如何なる運命《さだめ》の星なのか当たる占い師ネットに探す

枕掛けにつのる雨音秋のおとひえびえ沁み来《く》キミ眠る部屋に

雀鳩飛蝗の母子黄蝶とぶ曇り日にはずしたままの日時計

ふいにまた090—555……繋がるはずなきキミの携帯

囓りかけのりんごをバターで煮る冬はともすあかりに微笑みかける

和紙の皺のばしたようなジャケットは森林公園キミとゆくため

森のいずくゆかき消え蟹座に還るキミはつゆきにのり天上へなびく

昨日今日大根煮ては漬けてみては一人にあまる大根づくし

韓国ドラマに疲れた午後はふりそそぐひかりの渦をふたりでくぐる

ふく風に去る道がありストールにくるまれてかぜのかなしみを聴く

風に乗る木々のにおいに奪われたキミをさがして巡る十月

初めてのキスを包《くる》んだうすき雲沙果《サグア》†はしってる生まれて十日

†沙果は韓国語の林檎。

はつかくもる銀のスプーンに載せてみる花殻はどこからふってきたのか

*

ねえふたり墜ちてみようか毒入りのグラス　しんとつめたいひかりが影が

女《め》男《お》峠上っておりて終わるのかおわらないのか飲みほせぬまま

余りカレーのかたわら粗樫《あらかし》琥珀色母がちかづくほのと笑って

おもいでを煮込むゆうぐれ磨り硝子母が微熱をもつ目でそっと

病むたびに沙果を剝いていたは誰おんどるの熱おびて冬の房《へや》

毒林檎だって呑み込みたいときがある未ださだまらぬ夢のあとさき

シナプスのほそきひとすじ霧雨に発酵するまでぬらしていたり

林檎は沙果みずの意味問うさんずいへんにかくれて棲んでた未生のわたし

沙にまぎれ遺伝子のまま海峡を母と渡った沙果の風花

睦月如月ながれて沙果の林にはふくらむ胚珠《はいしゅ》おおぞらに向く

昭和れとろ生きのこり燃えのこり風花の沙果の林にものがたりする

ヒアシンス菜の花さくら咲きそろうまなうらは花の群像そよぐ

耳小さく生まれてｋｏｔｏｂａの銀のピアスみみのかたちをなぞり浮遊す

玉の緒をくぐりぬけては浅春に透く雪が散るきずもつうなじ

春の野草の蕊ねむらせる冷たさが目覚めさせたり朝のゆびさき

襟くびにのこる林檎のうつり香を月光《つきかげ》が吸う蔦にからんで

シナプスの花車《きゃしゃ》なつなぎに散る破片《かけら》ひろいあつめて嵌めるmemory

ひろいあつめ沈めて余白にながれだすわたしの影をみている私

おとのなきひかりに濯ぐはなびらの離《さか》るべき岸ふわりうかび来《く》

残り火を宥めてもやす林檎そして沙果にもなれぬ呼気風まかせ

ひったりとちかづく視線蟀谷《こめかみ》にしらゆきの冷気予感にも似て

てがかりのなきまま風のふくかたへおくらせても進む秒針がありて

わたくしで滅ぶ家系図ポケットに白粉花《おしろいばな》の種さぐりつつ

団栗が食べたくて

秋が来ると無性に団栗が食べたくなる。ええー！　団栗って食べられるの？　先ず日本人は驚く。若かった母に手を引かれ団栗《トドリ》拾いをしたのは白鳳幼稚園に通った頃だったか。上野公園？　いやもっとどこか他の……二人は黄昏どきまで拾ったのだ。

大晦《おおつごもり》の真夜にはいつも先祖の祭祀《チェサ》を行う。先祖供養の様々な御馳走に묵（ムッ）もお供えする。調理は実に手間がかかり複雑だ。粗樫《あらがし》の実を天日干しにして水に浸け、母はなにかで粉砕していた。そこで上澄み液を十回ほどかえ渋抜きをする。さらに水を加え糊状にして、流箱に寒天のように冷やし固めるまで何日かかったかしれない。するりと喉を滑りおち、冷たくても温めても酒盛りにも乙な味とか（こればかりは呑めないので分からない）……団栗からは想像できない美味しさだ。

以前ムッが日本でも食する町が土佐にあることをＮＨＫの番組で知った。姿や形、それは私が知るムッそのものだった。一体なぜ四国の土佐に……。

十六世紀、朝鮮史で壬辰倭乱《イムジンウエラン》と呼ぶ、豊臣秀吉の侵略（文禄慶長の役）で土佐を統一した戦国大名長宗我《ちょうそが》部《べ》元親《もとちか》が、朝鮮から被虜人として土佐に拉致連行したのが、秋月《チュオル》城主朴好《パクホ》仁《イン》の一

族三十人だ。好仁は医術者でもあり厚遇されたという。豆腐、大蒜《にんにく》など蒟蒻《こんにゃく》は薬として、そして祖樫の実、つまり묵（ムッ）を伝授した。豆腐は百済から仏教公伝の折に、また高句麗僧から伝授された説がある。朝鮮では仏教寺院や陵墓の傍には造泡寺《チョポサ》という豆腐工房があり供物に提供された。他に、遣唐使が持ち帰った説などもある。当時、それは海峡を越えてきた珍しい外来食文化で皇族貴族が味わうものだった。庶民の口に上るようになったのは、好仁一族が秋月姓を名乗る頃からで、やがて江戸時代にかけて盛んになった。

　徳川政権下で、秀吉に与した長宗我部は、お家取り壊しになり山内一豊に変わった。好仁は朝鮮刷還使（朝鮮通信使のこと、当初は被虜人刷還を目的とした）の呼びかけで帰国したが、末裔は高知城下に住みつき、土佐に朝鮮食文化が少なからず影響していったようだ。

　土佐の豆腐は朝鮮豆腐で固く、縄で縛り肩に掛けて運べる。俗に「豆腐の角で頭を打つ」と言われる由縁だ。土佐では献杯をしたり、鰹に大蒜を食する。沢鉢《さわち》料理の形式は朝鮮料理の形式に似ている。「豆腐は朝鮮語で두부（トゥブ）という。土佐弁は語尾に「何々ぜよ」がつくが、これも朝鮮語の語尾につく세요（セヨ）と同一だと考えている。何々ですよと言う意味だ。朝鮮語から日本語になった言葉は数知れず。現在も朝鮮語と気づかれないまま日常的に使われている。私には日本名が秋月《あきづき》姓で、本名は朴《バク》という友人がいる。関係史があるのかもしれない。私見だが長宗我部は長蘇我、長曾我とも書き、渡来人、蘇我高麗氏の流れではないかと考えている。団栗《トドリ》と団栗《どんぐり》だってとてもよく似ている。

韓国から日本人の夫のもとへお嫁に来たヘジャさんに、死ぬ前にムッが食べたいというと、年末の忙しいときにも関わらず早速作ってもってきてくれた。三十年ぶりか、いえ、晩年の母は作らなくなっていたから、もっと経つのかも……母の味は確かもう少し濃厚だったなあ。ヘジャさんから韓国のムッの粉を頂いた。水を入れて冷やせば、楽ちん楽ちん、たちまち묵（ムッ）が出来る。随分長い日韓史の旅をした。思いがけない土佐と朝鮮の関わり、そして母恋味にも長い歳月が流れていたのだ。

（「マダン」6号、2010・1・31）

想いはてなき——あとがきにかえて

南アフリカで開催されたワールドカップ2010の舞台に、二人の在日Jリーガーが登場した。鄭大世《チョンテセ》と安英学《アンヨンハク》だ。彼らは日本の代表ではなく北朝鮮代表なのだ。試合前のセレモニーで国歌が演奏されると、鄭大世は涙をこらえきれず空《くう》を見上げる。日本では拉致や核問題で悪名高い北朝鮮だけれど、彼の涙を流す写真が配信されると多くの人々に涙の意味を考えさせた。朝鮮学校出身であれば帰化して日本代表になることには躊躇したはずだ。また韓国籍の立場では北朝鮮の代表になるまで様々な葛藤があったと思われる。鄭大世は今時の青年で、私のような戦後史を背負いながら生きてきた世代とは違う。だが二世も三世も日本社会の相も変わらぬ視線を感じながら自己自立や自己解放を常に求めねばならない複雑な背景を、涙は無言で語る。

祖国として海の彼方から見る風景とは違い、国の代表として世界大会に登場する感慨深さ、在日には黙っていても思いが分かったはずだ。韓国チームが国歌を歌うとき、私もいつも同じように手を左胸に当てて歌う。ごく自然にそうなる。祖国と呼ぶには実体験に乏しく体感するものがなく、旅人《ナグネ》でしかない姿を映しみては、言葉にならないものが錯綜する。

日本に生まれていなかったら、もしそうだったら、人生はどうだったのだろうか。鄭大世の涙に想いを寄せたり、ひとり左胸に手を当てて『愛国歌《エグッカ》』を歌いはしないだろう。


三年前、アラ還を迎えて間もない五月に母を葬った。九六歳の母が遺したのは、数多くの、チマ、チョゴリだった。黄色や紺色、水色、オレンジ色にうす桃色の華やいだチマ、チョゴリ。身に纏ってみると、少し足首が出る。

上野公園でのお花見で母やアジュマ（おばさん）アジョシ（おじさん）たちは歌いながら踊っていた。いつの間にか周りに人垣ができる。「ほれ、チョウセンジン、踊ってるでェ、見よう、見ようよ」そんな風に見られていても全く気にもかけず歌い踊る。韓国人は本当に歌好きで朗らかに歌い踊る。私には決してもてないネイティブな音楽を誰でも体にもっている。長鼓《チャンゴ》を首にかけ、手で打ちながら歌い踊る。肩でリズムをとって、珍道《チンド》アリラン、トラジ打鈴《タリョン》、蜜陽《ミリヤン》アリラン、木浦《モッポ》の涙、それから……。父は決まって他郷暮《タヒャンサリ》らしだ。他郷暮らしは韓国の懐メロ。離郷し異郷日本で暮らすしかなかった一世たちの思いを春一杯の花の下でも歌う。父の膝枕で夜毎聴いた切ないまでにもの寂しい歌。あの低く閑かな歌声、涙ぐんでいたのでは。写真の父は鳥打帽や山高帽にコート姿。帽子からゆるやかなウェーブが。あっ眼鏡？　もしかして伊達眼鏡かも。なぜってとても視力がよかったから。

花の下でなにを思って歌って踊っていたのか、二人は。しきりに思われるのはあの頃の二人の年齢を過ぎて、在日を生きる意味が少しは分かってきたからかも知れない。

母を亡くした秋に息子が逝った。三七歳の突然の死を未だ把握できない。偶然彼の同級生の母親に出会った。息子のことを訊かれた。大阪で勤めてるね、ちっとも帰ってきやへん。便りのないンは元気な証拠やんか。うん、そやね、男の子ってしかたないわ、ホンマ。同窓会誌が届く。そっとゴミの日に出す。

夥しい挽歌を作った。作歌することで自らの整理をしていたのかも知れない。けれどそれらは本歌集には全く収録していない。随分悩んだがやはり誰にも見せることが出来ない。多分これからも人の目に触れることはないだろう。彼を救えなかった、わたしの裡なる母がそう呟くのだ。無力で無理解で彼のザイニチを理解していなかった母だった。そんな私の罪を許せる日は来ないから。

ぼくらなど認めぬ日本になに思い涙ぐむのと子はたずねたり

イ・チョンジャまた李正子　或いは香山いずれが名かと子が問いかける　(『鳳仙花のうた』)

この頃は十歳ぐらいだったか。

とことわに母は罪人ゆく末をもてずに生みし子がふたりいる
子を生みき祖国知らざる子を生みき母はひそかに天に罪問う
千年住めど千年実りなきなき国に人とし生れし母かも子かも
十六となる子世のものをまだ見ぬ子何に意味もつ指のその紋
無念　無念　無念若ささえ無念　梅雨に遅れて開く夏祭り　（『ナグネタリョン』）

指紋押捺のため役所に付き添った日だ。当時、全国にうねっていた指紋押捺拒否運動に私は独りで拒否した。僕も拒否するという彼。高校生にそんな危険なことはさせられなくて未来があるのだからと押させた。俯いて黙って左手人差し指を差し出した横顔、忘れられない。

ひとり残された部屋に蜜蠟をほのかにともす。秋霊壺に香りを充たす。秋霊壺は辞書にはない私の造語。精霊壺の意味だが、秋空に飛び去った彼におくる私だけの言の葉だ。傷ついた羽をせめて癒してもらえたら。せめてそれだけでも。

かつて、ひと筋の思いを詠んだだけの歌が現実として幾筋もの襞になり迫ってくる。日本に生まれていなかったら、このようなかなしみは知らずにすんだかも知れない。けれどかなしみは様々に姿形を変えて縦横無尽に顕れる。人に想いがある以上、在日でなくても何所にどのように生きていても、生きていればこそ誰にでも顕れる。

日本に生まれた歓びを想うことがある。それはかなしみが人を限りなく豊かにすることを知ったときだ。かなしみを知ることは、知らないことより幸いなのだ。かなしみの彼方には希望が隠されていることを想う。幾筋もの静けさの襞にひっそりと目を閉じてくるまれていることを想う。

涙の数だけ想いを重ねて生きる。遺されたものから人の生きざまや生き死にの意味を問う。忘れられないものをもつ意味を想う。どうしようもないことに悶々としながら歌う。かなしみにひたひた寄せる歌の波。歓びに変わる日をまだ見ぬ歌のゆくすえを。果てなく、ただ果てなく、私だけの短歌《うた》のゆくえを想う。ゆくえを追う。

李　正子

二〇一〇年六月尽日